SUSPENS
Tome II

Pierre Bellemare est né en 1929.

Dès l'âge de dix-huit ans, son beau-frère Pierre Hiegel lui ayant communiqué la passion de la radio, il travaille comme assistant à des programmes destinés à R.T.L.

Désirant bien maîtriser la technique, il se consacre ensuite à l'enregistrement et à la prise de son, puis à la mise en ondes.

C'est Jacques Antoine qui lui donne sa chance en 1955 avec l'émission *Vous êtes formidables*.

Parallèlement, André Gillois lui confie l'émission *Télé-Match*.

A partir de ce moment, les émissions vont se succéder, tant à la radio qu'à la télévision.

Pierre Bellemare ayant le souci d'apparaître dans des genres différents, rappelons pour mémoire :

Dans le domaine des jeux : *La tête et les jambes, Pas une seconde à perdre, Déjeuner Show, Le Sisco, Le Tricolore, Pièces à conviction, Les Paris de TF 1, La Grande Corbeille.*

Dans le domaine journalistique : *10 millions d'auditeurs*, à R.T.L.; *Il y a sûrement quelque chose à faire*, sur Europe 1; *Vous pouvez compter sur nous*, sur TF1 et Europe 1.

Les variétés avec : *Pleins feux*, sur la première chaîne.

Interviews avec : *Témoins*, sur la deuxième chaîne.

Les émissions où il est conteur, et c'est peut-être le genre qu'il préfère : *C'est arrivé un jour*, puis *Suspens* sur TF1; sur Europe 1 *Les Dossiers extraordinaires, Les Dossiers d'Interpol, Histoires vraies, Dossiers secrets* et *Au nom de l'amour.*

Paru dans Le Livre de Poche

PIERRE BELLEMARE

Suspens

Tome II

TEXTES DE
MARIE-THÉRÈSE CUNY
JEAN-FRANÇOIS NAHMIAS
JEAN-PAUL ROULAND

ÉDITION N° 1/GÉNÉRIQUE

LE FANTÔME DU CIMETIÈRE

C'est une ombre dans le cimetière de Turin. Une ombre noire surgie des tombes, un vivant parmi les morts, à l'aube du 11 mars 1926...

Le gardien qui fait sa ronde a sursauté. Est-ce un voleur ? Un de ces profanateurs sans foi ni loi qui fracturent les caveaux et emportent les urnes pour les revendre ?

Si oui, il a une drôle d'allure. Il est en loques et il tient un bouquet de fleurs artificielles à la main.

D'un bond, le gardien est sur le dos de l'ombre, et une courte lutte s'engage. Puis l'homme cesse de se débattre, et s'assoit par terre. Il a bien l'air d'un fantôme, et d'un fantôme aux yeux fous. Il est sale, maigre, barbu, vêtu d'un pantalon déchiré et d'une veste, sans chemise. Muet. Impossible de dialoguer avec lui. A chaque question, il regarde le gardien comme si le ciel lui tombait sur la tête. Et il n'a pas de papiers. Bon, c'est un fou, un échappé de l'asile de Turin. Inutile d'avertir la police, il suffit de le ramener en bas, d'où il vient.

Mais à l'asile de Turin, on a beau compter les fous, celui-là est en trop. Et le directeur, perplexe, tente de s'expliquer avec lui :

« Comment t'appelles-tu ? D'où viens-tu ? Quel âge as-tu ? »

Le fou le regarde avec un air d'incompréhension totale, puis il se met à trembler en marmonnant :

« Je ne sais pas... je ne sais pas... je ne sais pas... »

Je ne sais pas, c'est tout ce qu'il est capable de dire. Et en psychiatrie, en 1926, les progrès ne sont pas énormes. Alors, le diagnostic est simple : voilà un homme en état de choc, un peu fou mais pas dangereux. Donnons-lui des calmants, quelqu'un viendra bien le réclamer un jour.

L'homme dort pendant quarante-huit heures, mange comme un ogre, redort, et tout à coup, au réveil, s'étonne :

« Qui êtes-vous ? Qu'est-ce que je fais là ? Qu'est-ce que c'est que cette maison ? »

On lui explique qu'il est malade, qu'il a été trouvé errant dans un cimetière, et on lui demande son nom.

« Mon nom ?... mon nom ?... eh bien, mon nom... »

L'homme écarquille les yeux, secoue la tête, cherche, cherche... Tout le monde a un nom, et tout le monde répond quand on le lui demande, c'est un réflexe conditionné, mais l'inconnu, lui, ne se souvient pas. Il ne sait pas comment il s'appelle. D'ailleurs, il ne sait pas d'où il vient, quel âge il a, et bien entendu ce qu'il faisait dans un cimetière en pleine nuit, en train de voler un bouquet de fleurs artificielles...

L'inconnu est un inconnu pour lui-même. Le directeur en conclut donc qu'il est amnésique, et décide de faire paraître dans les grands journaux italiens le portrait de cet étrange pensionnaire.

C'est le portrait d'un malheureux, à qui le service d'hygiène de l'asile a rasé les cheveux et la barbe. Il ne reste plus qu'un visage maigre et blafard aux yeux creusés, fixes, nus de tout souvenir, de toute identité, un clochard! Pourtant, le directeur de l'asile reçoit, dans les jours qui suivent, un flot de lettres.

Il semble que la ville de Vérone ait reconnu dans ce visage émacié de clochard à la dérive, le très riche, très intelligent, et très respectable professeur Carolla...

Le seul ennui, c'est que le professeur Carolla est mort. En principe mort... Il a disparu il y a dix ans, en 1916, sur le front de Macédoine. Alors, le directeur de l'asile contemple son pensionnaire, avec une attention nouvelle.

Cet homme... un professeur? un mathématicien cultivé, riche, connu de toute la bonne société de Vérone?

Que faisait-il dans un cimetière, avec un bouquet de fleurs artificielles à la main?

« Est-ce que le nom de Carolla vous dit quelque chose? »

L'inconnu n'a pas l'air de connaître. S'il s'appelle Carolla, il n'en sait rien. D'ailleurs, il n'est pas très inquiet de son sort. Il a besoin de repos. Il dort, dort, presque tout le temps, comme s'il avait besoin d'oublier quelque chose ou de le retrouver. Peut-être sait-il qui il est lorsqu'il dort, et peut-être l'oublie-t-il en se réveillant.

Une semaine plus tard, un homme se présente à l'asile, accompagné d'une dame en noir.

L'homme est un militaire, le major Cantaluppi. La femme se cache derrière un voile de deuil.

Le major Cantaluppi a reconnu dans le portrait

9

paru dans la presse, son vieil ami le professeur Carolla, avec qui il a fait la guerre.

On les met en présence. Et là tout à coup : surprise ! Le major se jette dans les bras de l'inconnu, en l'appelant son cher ami Carolla, et l'inconnu se jette dans les bras du major. Enfin il a reconnu quelqu'un à son tour. Il en pleure de joie... Oh ! tout n'est pas clair dans son esprit, mais le major se charge de réveiller ses souvenirs. Que diable, ils ont guerroyé ensemble !

Hélas ! en dehors de reconnaître physiquement le major Cantaluppi, l'inconnu ne peut rien se rappeler d'autre... rien... Sa mémoire est une chose insondable qui vacille à la moindre question précise. Certes, il reconnaît le major, il admet qu'il s'appelle Carolla, puisque l'autre l'affirme, mais c'est tout. Disparu en 1916 ? Lui ? Il ne sait pas comment. Blessé ? peut-être, mais il n'en porte pas la trace. Prisonnier ? Possible...

Alors la dame en noir ôte sa voilette, et regarde l'amnésique bien en face, et c'est le professeur Carolla qui sursaute ! Sa femme ! C'est sa femme ! Giulia, c'est Giulia ! Comment a-t-il pu oublier ce visage, cette silhouette ? Giulia...

Aucun homme ne peut oublier sa femme. Il tend les bras timidement, puis avec insistance...

Mais Giulia regarde son mari avec hésitation. Est-ce bien son mari ? oui... non... peut-être, ah ! évidemment il a dix ans de plus, il a pu changer, il a changé, mais quand même, Giulia n'a pas d'élan véritable. Il lui paraît inconvenant de se précipiter dans les bras d'un presque inconnu.

Alors c'est Carolla qui tente de la persuader maintenant. Il sait, il se souvient. Giulia est sa femme, il est le professeur Carolla, il n'en sait pas plus pour l'instant, mais de ça, il est sûr, certain.

« Enfin, Giulia, tu ne reconnais pas ma voix ?

Mes mains, c'est moi Giulia, je t'assure que c'est moi ! »

Mme Carolla examine, inspecte puis demande timidement si elle peut rester seule avec lui quelques minutes. Cette faveur est aussitôt accordée bien entendu.

Un face à face dans ces cas-là, est la meilleure manière de simplifier les choses.

Et à l'issue de ce tête-à-tête, M. et Mme Carolla se jettent dans les bras l'un de l'autre, en larmes, définitivement convaincus qu'ils sont mari et femme.

Comment ont-ils fait... Ceci les regarde, et personne n'aura de détails. Il y a certainement des points de repère sur un corps humain, qui exigent la discrétion.

Voilà donc les époux partis pour Vérone, où le professeur a bon espoir de retrouver le reste de sa mémoire. Son cadre familier, ses meubles, ses enfants, qu'il a à peine connus. Tout cela va peu à peu le remettre dans sa peau. Les meilleurs médecins vont s'occuper de lui. Ce sera long, car il s'agit de reconstituer un puzzle dont les morceaux sont éparpillés sur dix ans.

Deux jours après son départ de l'asile, alors que le professeur Carolla examine en détail l'importance de sa fortune (une bonne fortune), une femme se présente à l'asile de Turin.

Trente ans, plutôt vulgaire, vêtue pauvrement, elle se nomme Rosa Brunelli et demande à voir le directeur de l'asile :

« Je viens chercher mon mari, celui qu'on a montré dans les journaux... ce salopard m'a laissé tomber avec un gosse sur les bras, où est-il ? »

Et Rosa Brunelli montre ses papiers, la carte de travail de son mari, sa carte d'identité, une feuille de paie, le tout au nom d'un certain Mario

Brunelli, typographe, celui qu'elle traite de salopard.

Et Rosa se met à hurler quand on lui affirme que l'homme en question ne peut pas être son mari, puisqu'il est le professeur Carolla de Vérone, un homme distingué, riche et qui a déjà une femme et deux enfants...

Rosa hurle en effet, comme peuvent hurler les Siciliennes, en fournissant une bonne dizaine de témoins, et le double d'arguments. Elle demande une confrontation, alerte la police, montre son enfant à qui veut le voir, prouve qu'il ressemble à son père comme deux gouttes d'eau... Et le scandale éclate à Vérone, dans la belle maison du professeur Carolla.

Rosa en fait quotidiennement le siège, enveloppée dans un châle, son enfant contre elle, les journaux sont avec elle, et finalement la police aussi. Elle est le vivant reproche, la statue du désespoir agrippée aux grilles du palais Carolla, femme et mère abandonnée, elle est en passe de gagner la partie.

Car, preuve irréfutable de l'identité de l'inconnu du cimetière, il a les mêmes empreintes digitales que Mario Brunelli le typographe.

Les empreintes de ce Mario Brunelli disparu, sont apposées sur sa carte de travail, on peut donc les comparer à celles de l'inconnu. Le professeur Carolla ne peut pas en dire autant, et depuis M. Bertillon, on ne discute pas une empreinte digitale.

D'ailleurs, le professeur Carolla a disparu dignement il y a dix ans sur le front de Macédoine, alors que Mario Brunelli a disparu sournoisement, il y a deux ans, d'un appartement minable, abandonnant femme et enfant.

Qui est l'inconnu du cimetière? Le professeur

Carolla devenu Mario Brunelli, et ayant oublié le tout ?

Il reconnaît Mme Carolla qui a hésité à le reconnaître, alors qu'il ne reconnaît pas Rosa Brunelli qui elle le reconnaît sans hésitation...

N'y aurait-il pas une quelconque escroquerie là-dessous ?

Après des jours de discussions et de criailleries, l'inconnu du cimetière, à nouveau égaré, la tête chancelante, se précipite dans le seul endroit où personne ne le conteste, à l'asile de Turin, où il se jette dans les bras du directeur, en le suppliant de l'aider, ou alors de l'enfermer avec les fous.

Il n'en peut plus : Deux familles, deux identités, trois enfants, mort ou salopard, il ne sait plus ce qu'il ne sait déjà pas, et il a peur d'en apprendre davantage.

Alors le directeur tente une dernière fois de faire jaillir la lumière :

« Bon, quand avez-vous épousé cette femme ?
— Je ne sais pas !
— Et l'autre ?
— Mais je ne sais pas !
— Mais alors quand avez-vous quitté celle-ci ?
— Mais je ne sais pas !
— Et l'autre ?
— Mais je ne sais pas, je ne sais pas ! Je ne sais plus ! Peut-être les deux, c'est comme si vous me demandiez qui de Leibniz ou de Newton a découvert la méthode des fluxions pour arriver au calcul différentiel ! tout le monde sait qu'ils l'ont trouvée en même temps, bon sang, c'est évident ! »

Et voilà ! Euréka, comme aurait dit Archimède. Qui d'autre que le professeur Carolla mathématicien emploierait une pareille formule du fond de son désespoir ? Qui de Leibniz ou de Newton a découvert le premier la méthode des fluxions pour arriver au calcul différentiel ? Les deux, mon professeur.

Carolla est retourné à Vérone avec Giulia et a payé une pension à Rosa de Turin, soupçonnant qu'il l'avait épousée par hasard, un jour de sa longue amnésie.

Puis il a écrit sa vie, pleine de trous, dans un ouvrage intitulé « A la recherche de moi-même, ou l'existence et ses complications multiples ».

Et il n'est pas nécessaire de perdre la mémoire pour arriver à la même conclusion.

WALSALL PLACE

MRS. MARY HUDSON marche d'un bon pas dans les rues de Londres. Il s'agit d'une promenade obligatoire, recommandée par son médecin traitant.

« Ma chère, lui a-t-il dit, il ne faut pas grossir. Votre cœur ne le supporterait pas. Surveillez votre ligne et marchez. La marche est excellente dans votre état ! »

L'état de Mary Hudson peut se résumer en quelques mots : cardiaque, un peu trop ronde, veuve riche et remariée, depuis deux ans, à un séducteur de douze ans son cadet.

Pour toutes ces raisons, y compris la dernière, elle marche donc d'un bon pas dans les rues de Londres, chaque après-midi, espérant conserver la ligne, son jeune mari et un cœur en bon état de fonctionnement.

Londres au printemps, ce jour d'avril 1910, est un délice de brouillard léger et de soleil timide. Lorsqu'il fait beau à Londres, disent les Anglais, il n'est pas de plus belle ville au monde.

Mrs. Hudson s'engage dans une rue charmante, bordée de pavillons particuliers, et de pensions de famille avec petits jardins : Walsall Place. Elle marche sur le trottoir de gauche, c'est important, car toute l'histoire repose sur le seul fait que

Mary Hudson emprunte cette rue-là, sur ce trottoir-là.

Hasard ? Destin ? Vengeance divine ? Mary Hudson ne se doute pas qu'elle est l'instrument de la vérité, l'extraordinaire coïncidence qui va mettre à bas l'échafaudage parfait d'un crime.

Devant le n° 3, elle ralentit le pas, devant le n° 5, elle est pâle, et titube légèrement... Elle pourrait tomber là, devant le n° 5, et rien n'arriverait. Mais la mécanique défaillante de son cœur essoufflé ne cède pas encore. Un pas, deux pas, cinq pas. Mary a dépassé le n° 5 et s'écroule victime d'une crise cardiaque, exactement devant le n° 7 de Walsall Place.

Il y avait une chance sur des milliards, la voici : le n° 7 de Walsall Place est un meublé, dont la propriétaire, Mrs. Sidwell, est une brave femme, curieuse et dévouée. Elle se précipite sur le corps de l'inconnue tombée devant sa porte, la relève, lui offre le repos de sa maison et de son divan, lui offre un verre d'eau pour avaler sa pilule, et ses services :

« Voulez-vous prévenir quelqu'un ? Votre médecin ? Ou quelqu'un de votre famille ?

— Mon mari, s'il vous plaît ! Je voudrais rentrer chez moi. »

D'une main faible, Mary Hudson rédige le texte d'un télégramme.

« Nouvelle crise. Ne t'alarme pas. Je vais mieux. Viens me chercher, n° 7 Walsall Place. Mary. »

Cette fois, la machine à démonter les crimes parfaits est en route. Rien ne pourra plus l'arrêter.

16

Dans sa très belle maison d'un quartier chic de Londres, Mr. Hudson, George de son prénom, fait la sieste, près d'un verre de cognac français, à proximité d'une assiette de petits gâteaux et non loin d'un feu de bois réconfortant. George n'a pas l'air malheureux. Voici deux ans qu'il mène cette vie de pacha, aux frais de son épouse, sans travailler le moins du monde.

Trente ans, long et mince, visage régulier, lèvres bien dessinées. Il dort du sommeil du juste, et il a l'air d'un brave jeune homme.

Le domestique qui l'éveille lui rend son vrai visage en une seconde. Ce sont les yeux qui paraissent méchants. D'un bleu métallique, ils donnent à tout le visage une ombre curieuse, voilant les traits presque parfaits d'une dureté gênante. La voix aussi est dure, et le ton peu amène.

« Qu'est-ce que c'est ? J'ai dit qu'on ne me dérange pas !

— Pardonnez-moi monsieur, mais ce télégramme vient d'arriver, il est marqué urgent, un porteur l'a apporté jusqu'ici. J'ai cru bien faire. »

Un télégramme ? A lui George Hudson ? C'est étonnant. Il ne travaille pas, et ne fréquente pratiquement personne. L'intégralité de son temps étant consacré à vivre une paresse délicieuse, et bien gagnée selon lui.

En lisant le message, devant le domestique, George devient subitement très pâle, extrêmement pâle.

Le domestique n'ose pas bouger, attendant les ordres, et remarque que son maître relit plusieurs fois le texte, comme s'il voyait le diable en personne.

Enfin, George se décide à parler.

« Allez prévenir le médecin immédiatement, qu'il se rende auprès de Madame, elle a eu un malaise, voici l'adresse. »

Et il note sur un papier : n° 7 Walsall Place. Le domestique obéit, une heure passe avant qu'il revienne. Hélas ! le médecin a refusé. Débordé par les urgences, il fait répondre que Mrs. Hudson n'est pas en danger immédiat, à condition de prendre ses pilules, et qu'il passera la voir demain !

George tourne en rond dans le salon, furieux :

« Ce médecin est un criminel ! Dites à la femme de chambre de Madame de se rendre immédiatement à cette adresse ! »

Intérieurement, le domestique se demande bien pourquoi son maître n'y va pas lui-même, mais son métier n'est pas de discuter les ordres.

La femme de chambre part aux environs de six heures, et le temps passe. George dîne tranquillement, du moins apparemment, et le domestique va se coucher.

A minuit, la femme de chambre est de retour, en fiacre. Il faut réveiller George qui s'est endormi au salon, et demande avec impatience :

« Eh bien ? Où est Madame ?

— Elle a eu un autre malaise, monsieur, elle n'a pas voulu rentrer avec moi, elle a peur, surtout la nuit, elle désire que vous veniez la chercher, elle dit qu'elle sera plus en sécurité avec vous.

— Très bien, j'irai donc moi-même ! Allez vous coucher ! »

Et cette fois George Hudson met son manteau, et s'en va dans la nuit. Le moins que l'on puisse dire, c'est qu'il n'est pas très inquiet de l'état de sa femme, ni très amoureux. La femme de chambre en fait le commentaire :

18

« Madame était bien mal, je ne comprends pas pourquoi il n'est pas allé la chercher plus tôt, et elle non plus ne comprend pas, c'est bizarre tout de même... »

Bizarre oui. Et encore plus bizarre, le lendemain matin. Car George n'est pas venu chercher sa femme au n° 7 Walsall Place, et la pauvre Mary a dû passer la nuit chez la propriétaire du meublé, angoissée, sursautant au moindre bruit.

Mrs. Sidwell la propriétaire a bien tenté de la rassurer :

« Allons... voyons, ne vous faites pas de souci, il était peut-être sorti entre-temps, et votre femme de chambre ne l'aura pas trouvé. »

Mais en rentrant enfin chez elle, vers midi, Mary Hudson ne trouve pas, elle non plus, son mari.

Les domestiques lui affirment pourtant qu'il est parti à 0 h 15, dès le retour de la femme de chambre, en disant qu'il se rendait à l'adresse indiquée sur le télégramme.

Mary Hudson, de plus en plus inquiète, est persuadée qu'il est arrivé quelque chose à George. On l'aura attaqué, la nuit. Les rues de Londres ne sont pas sûres, George est peut-être mort, quelque part.

Mary Hudson s'offre un nouveau malaise cardiaque, suivi d'une pilule, avant de se précipiter à Scotland Yard, pour faire part de la disparition de son époux bien-aimé.

On note ses déclarations, et on la renvoie chez elle, en la rassurant. Mais Mary téléphone tous les jours au Yard, pendant une semaine. Cette fois, la disparition est sérieuse. La fiche de George Hudson grimpe les étages de Scotland Yard, pour arriver dans le bureau de l'inspecteur

Haskins, en même temps que l'épouse affolée. L'inspecteur réfléchit.

« — George Hudson... George Hudson... Voyons... Ce nom ne m'est pas inconnu... »

Haskins est renommé au Yard, pour sa mémoire. Il n'a pas souvent besoin de faire appel au fichier pour trouver ce qu'il cherche, le fichier est dans sa tête.

« Hudson, George... C'est le dossier Mollet ! Sortez-moi le dossier Mollet ! Ethel Mollet, disparition en octobre 1905. George Hudson, c'était le fiancé ! Il nous a assez bassinés pour avoir des nouvelles de l'enquête à l'époque. Je me souviens très bien de lui. Asseyez-vous, madame Hudson. Ainsi vous êtes sa femme ? Il s'est consolé, semble-t-il, et il a disparu comme la jeune fille, curieux, très curieux. »

Mary Hudson tombe des nues :

« Mais quelle jeune fille, inspecteur ? Et quel rapport avec mon mari ?

— Ethel Mollet, madame. Elle a disparu presque le jour de leur mariage. Ça arrive, et le pauvre garçon avait l'air bien désemparé, c'était normal. Voyons, racontez-moi quand et comment il a disparu à son tour ? »

Mary Hudson se sent mal. D'une voix brouillée, elle explique son état, son évanouissement, le télégramme, et le départ de George dans la nuit pour la rejoindre.

« Où ça ? Où devait-il vous rejoindre ?

— Au n° 7 Walsall Place, quelqu'un m'avait recueillie, je m'étais effondrée devant sa porte par hasard. »

L'inspecteur regarde fixement Mary Hudson :

« Vous connaissez cet endroit ?

— Pas du tout, inspecteur. Mais la propriétaire est très gentille, je faisais ma promenade habituelle, et le malaise est arrivé juste devant chez elle.

— Incroyable! Vous vous êtes évanouie là? Par hasard?

— ... Oui...

— Incroyable... Incroyable...

— Mais pourquoi? Enfin que se passe-t-il? Cette maison est tout à fait honorable!

— Absolument...

— Et Mrs. Sidwell est une femme tout à fait serviable...

— Je sais... Je sais...

— Alors? Qu'y a-t-il d'extraordinaire?

— Madame, je vais vous le dire. Le n° 7 Walsall Place... est un meublé fort bien tenu. C'est là qu'il y a cinq ans s'était installée Ethel Mollet, en attendant son mariage. Et c'est là aussi que se rendait votre mari la nuit de sa disparition. Voilà ce qui est extraordinaire. »

Mary Hudson rentre chez elle, pour s'y offrir tranquillement une énième crise cardiaque. Les mystères l'angoissent, et celui-là est de taille.

Il existe un moyen bien simple pour la police de surveiller un disparu, c'est de surveiller son compte en banque. S'il ne bouge pas c'est inquiétant, s'il bouge, c'est intéressant.

Or le compte de George Hudson a bougé. Dix livres ont été tirées au profit d'une pension de famille de Bloomsbury. Le mardi 16 avril 1910, neuf jours après sa disparition, George Hudson est donc localisé par Scotland Yard.

L'inspecteur Haskins met au point une stratégie bien simple. Sans savoir exactement où va le mener cette affaire, il décide de convoquer à trois heures précises ce jour-là, Mrs. Sidwell, la logeuse du n° 7 Walsall Place, Mary Hudson et son époux retrouvé, George Hudson.

Mrs. Sidwell adore rendre service à la police. Elle arrive à l'heure.

Mary Hudson, flageolante et bourrée de pilules, est arrivée avant elle, on ne lui a pas signifié le motif de cette convocation. Quant à George Hudson, un sergent de police est allé le cueillir à quatorze heures trente dans sa pension. Et là, il s'est passé une chose curieuse. George a dit :

« Vous me cherchez ?

— Oui, monsieur Hudson... Eh bien, vous avez disparu...

— Moi ? J'ai disparu ? C'est ridicule, je suis là...

— Mais, et votre épouse ?

— Mon épouse ? Que voulez-vous dire ? Je n'ai pas d'épouse ! »

Le sergent, surpris, a vérifié l'identité de George, et s'est précipité au téléphone pour demander des instructions à l'inspecteur Haskins, lequel a froncé les moustaches :

« Amnésique ? Vous dites qu'il ne se rappelle rien ?

— Rien... Inspecteur, et il a l'air un peu hébété, c'est certain...

— Bon. Amenez-le tout de même. Dites-lui qu'il s'agit de formalités administratives. »

Le sergent de police amène donc George Hudson, qui se laisse conduire, l'air à peine surpris.

Au Yard, George s'assied sur une banquette, tranquillement. Que se passe-t-il dans sa tête ?

L'inspecteur Haskins entrouvre la porte de son bureau, et montre George à Mrs. Sidwell, la logeuse du n° 7 Walsall Place...

« Alors madame Sidwell ? C'est lui ?

— C'est lui, inspecteur ; je m'en souviens très bien. Un beau garçon. Il se faisait appeler Wall. Je l'ai vu plusieurs fois. Il a loué l'appartement et quelques jours après la jeune Ethel est arrivée. Elle est restée quelques jours chez nous, trois semaines environ, et il venait la voir de temps en temps. Je l'ai dit aux enquêteurs à l'époque.

— Oui, mais vous parliez d'un Mr Wall. Pas d'un George Hudson! Vous êtes sûre que c'est lui?

— Certaine. Si on nous avait confrontés il y a cinq ans, je l'aurais dit.

— Ça n'a pas été fait, et c'est une erreur, mais à ce moment-là, George Hudson était insoupçonnable, il habitait en dehors de Londres chez les parents d'Ethel, sa fiancée, et il demandait sans cesse des nouvelles, les parents aussi. Tout le monde a cru que la jeune fille était partie avec ce Wall inconnu : les parents, et la police, et George Hudson lui-même, il était inconsolable. »

A son tour, Mary Hudson a le droit d'observer son époux par la porte entrebâillée :

« Alors? C'est votre mari?

— C'est lui... Je veux le voir!

— Une minute, madame Hudson! Votre mari est soupçonné de meurtre pour l'instant, d'ailleurs, il prétend ne pas être marié et ne pas avoir disparu.

— Mais pourquoi?

— Il n'est pas venu vous chercher au n° 7 Walsall Place, madame Hudson, parce qu'il avait peur de cette adresse et pour cause. Une extraordinaire coïncidence a fait que sa première fiancée Ethel Mollet habitait là avant de disparaître, et que s'il y mettait les pieds, la logeuse l'aurait reconnu, comme aujourd'hui. Laissez-moi réfléchir une seconde. Madame Sidwell, vous souvenez-vous d'autre chose, à propos de George Hudson?

— Presque rien, inspecteur, comme je l'ai dit,

il y a cinq ans, Ethel avait parlé d'une villa où ils habiteraient jeunes mariés. Mais où ? Ça, elle ne l'a pas dit. Tout ce que je sais, c'est qu'ils ont pris un jour la direction de Waterloo Station. La villa se trouve peut-être dans une localité desservie par cette gare. »

Haskins réfléchit encore puis décide. Premièrement, il alerte les commissariats situés dans un rayon de cent miles autour de Londres. Ordre leur est donné d'enquêter auprès des agents immobiliers de leur région, sur un M. Wall, qui avait loué cinq ans plus tôt une villa.

En 1910, les agents immobiliers ne sont pas si nombreux... L'enquête ne devrait pas durer plus de deux jours. Ensuite, l'inspecteur Haskins conseille à Mrs. Hudson de rentrer chez elle, sans revoir son mari.

« Donnez-moi quelques jours, madame, si ce que je crois est exact, j'aimerais assister à vos retrouvailles. Ce sera pour moi la preuve définitive. »

Mary Hudson accepte. De toute manière, son mari lui fait peur à présent.

George, lui, qui a attendu pour rien, peut rentrer à sa pension, après quelques vérifications de ses papiers. Sur un ton neutre, un officier de police lui demande s'il désire voir un médecin et s'il a conscience d'être amnésique. George le regarde avec étonnement, sans répondre. Alors l'officier lui dit qu'il peut rentrer chez lui. A la pension où il a élu domicile, George Hudson est surveillé par une demi-douzaine d'agents en civil, pendant quarante-huit heures.

Enfin, un commissariat de Subiton informe l'inspecteur Haskins qu'un agent immobilier a loué une maison un peu isolée, à un certain Mr. Wall, il y a cinq ans. Ce Mr. Wall a versé une caution, il semblait emballé. Il a même demandé l'autorisation de faire creuser un bassin pour des poissons. On lui a fait son bassin, et deux jours plus tard, il a rendu les clefs, en disant qu'il avait changé d'avis. Depuis la villa est habitée par un dentiste, qui a conservé le bassin aux poissons, le trouvant fort joli.

Il est joli en effet, cimenté au fond, bordé de fleurs, quelques poissons rouges y dansent dans la lumière. Le dentiste n'est pas très content qu'on le lui casse. Puis il se tait devant le squelette d'une jeune fille, dont il ne reste que les immenses cheveux blonds... c'est une vision hallucinante.

Ce jour-là, George est attrapé au vol, dans sa pension, et traîné de force à Scotland Yard, sous le prétexte d'une confrontation avec son épouse, qui continue de le rechercher soi-disant.

Haskins observe la rencontre. Mary Hudson est au bord de la crise, George la regarde, il hésite, et demande d'une voix neutre :

« Vous êtes ma femme ? »

Haskins l'interrompt brutalement :

« Parfait ! Merci, Hudson ! Inutile de jouer les amnésiques plus longtemps ! Vous espériez rentrer chez vous sans problème n'est-ce pas ? En ayant soigneusement évité le n° 7 Walsall Place ? C'est raté ! Ethel Mollet, la villa, le bassin aux poissons, nous savons tout, alors je vous écoute ! »

Quel drôle d'individu ce George Hudson. Un fils de riche, méprisant et hautain. De ses parents morts, il avait hérité des rentes confortables. Ses rentes et son physique avaient ébloui une malheureuse petite bonne, Ethel Mollet. Ethel était si jolie. Une poupée ravissante et naïve, aux yeux de porcelaine et aux cheveux dorés. Elle était sa maîtresse, elle était enceinte, elle voulait se faire épouser, et George, bon prince, a dit oui.

Il a amené Ethel chez le pasteur, le pasteur a réclamé le consentement des parents, des gens pauvres mais dignes qui habitaient en banlieue. George est allé les voir, et a obtenu leur accord enthousiaste! Leur fille allait être riche, elle ne serait plus domestique!

George emmène Ethel au n° 7 Walsall Place, et lui intime l'ordre de n'en plus bouger jusqu'au mariage. Pour éviter les mauvaises langues, affirme-t-il... « Je ne veux pas que l'on sache qui tu es avant le mariage. »

Il confirme la date du mariage au pasteur et aux parents, tandis qu'il loue la villa et fait creuser le bassin. Puis il s'inquiète auprès des patrons d'Ethel, de sa prétendue disparition. Avant qu'on cimente le bassin, il entraîne sa fiancée, pour lui montrer leur future demeure. Ethel bat des mains de joie, alors il l'assomme, la ligote, et la suspend par le cou à la balustrade du premier étage. Et dans la nuit, il l'enterre sous le bassin aux poissons, qui sera cimenté le lendemain.

Et tandis qu'il fait tout cela, qu'il va voir le pasteur, les parents, qu'il tue et enterre sa fiancée, il se rend chaque jour à Scotland Yard ou téléphone, pour avoir des nouvelles de la disparition d'Ethel, signalée par ses patrons.

C'est diabolique. C'est parfaitement imaginé, et ça marche. En 1908, George épouse Mary Strichell, veuve replète et encore plus rentière que lui. Cardiaque qui plus est, avec douze ans de plus que lui. Et il s'installe dans un bienheureux farniente en se disant que, selon toute probabilité, il sera veuf à son tour, sans grand effort cette fois. Dieu sait ce que peut devenir un cœur malade, une petite peur par-ci, une petite fatigue par-là...

26

George raconte à l'inspecteur Haskins tout cela, avec un détachement teinté de regret. Un crime parfait, une si belle mécanique, s'écrouler pour un hasard stupide, il en est franchement navré.

Le n° 7 Walsall Place était ce hasard, à croire que le fantôme d'Ethel s'y était installé et y avait attiré Mary Hudson. En Angleterre, on croit volontiers à ce genre de choses, et les maisons y ont une âme. En Angleterre, à cette époque, on pendait aussi les meurtriers.

George Hudson fut donc pendu. Et l'inspecteur Haskins se rendit à l'exécution. L'inspecteur aimait à dire :

« Je ne crois pas au crime parfait. Rien de parfait n'existe au monde, seule la mort est parfaite, puisqu'elle n'est pas perfectible. »

Un philosophe redoutable, cet inspecteur anglais.

UNE HISTOIRE D'HOMMES

« La réponse du professeur Vogt vient d'arriver! »

Max Ader relève la tête et regarde droit dans les yeux le jeune étudiant en médecine planté devant lui. Son visage sévère ne laisse rien présager d'agréable.

« Et alors?

— Il faut lui enlever l'œil. »

Les deux hommes savent trop bien ce que signifie cette nouvelle pour ne pas en apprécier toute la gravité. Procéder à une énucléation est une chose relativement banale. Cela se pratique couramment dans tous les hôpitaux du monde. Seulement voilà : dans l'isolement, à des milliers de kilomètres de tout lieu civilisé, en plein continent antarctique, c'est une tout autre affaire. Il ne faut pas songer à évacuer le blessé; de plus Nils Scott, l'homme qui vient d'apporter la nouvelle et qui a vingt-six ans, n'a jamais pratiqué lui-même la moindre opération.

Depuis six mois, la mission internationale de douze hommes, dirigée par Max Ader, est installée au milieu des glaces et des neiges. Elle doit rester là deux ans. Deux cabanes préfabriquées et quelques hangars forment le camp de base. Le travail consiste à faire des relevés de toutes sortes. L'équipe est composée de météorologues, glaciologues et géologues.

Le premier soin de Max Ader, le responsable du camp, est de demander au jeune étudiant en médecine s'il se sent capable de mener à bien une intervention de ce genre. Nils Scott répond que le professeur Vogt, d'Oslo, se propose de lui faire parvenir par radio tous les renseignements nécessaires. « De toute façon, vous n'avez pas le choix, a ajouté le médecin, c'est l'énucléation, ou Jacques Mauduit devient aveugle. »

Max Ader laisse échapper un long soupir. On avait bien besoin de ça. Maudite soit cette lanière agitée par le vent qui est venue cingler de plein fouet l'œil droit du météorologue français. Voilà trois semaines que cet accident, banal au demeurant, s'est produit. Le blessé a fait preuve d'un courage à toute épreuve, mais l'état de son œil a empiré de jour en jour.

L'étudiant en médecine poursuit son explication. Le professeur Vogt craint ce qu'il appelle « l'ophtalmie sympathique » qui risque d'affecter la vision de l'œil valide, provoquant ainsi la cécité totale.

« Qui est au courant ? demande le chef.

— Paul Lapôtre, le radio canadien, et moi, c'est tout. »

Max Ader propose alors de ne rien dire à l'intéressé pour le moment, et s'informe du temps nécessaire à la préparation.

« Pour fabriquer les instruments, entraîner l'équipe et m'exercer moi-même, il faut bien trois semaines, mais le plus tôt sera le mieux. »

Une date précise est fixée en fonction des différents travaux à effectuer.

« Le 13 juillet à treize heures, vous n'êtes pas superstitieux ? »

L'étudiant en médecine sourit.

« Au contraire, ça va nous porter bonheur. »

Ayant reçu carte blanche, Nils Scott commence ses préparatifs dans le plus grand secret. Cela s'avère tout de suite une tâche difficile, étant donné l'exiguïté des lieux et la minceur des cloisons intérieures. Comme en plus, en dehors des prélèvements et autres observations quotidiennes, les hommes travaillent à l'intérieur des baraques, cela pose un certain nombre de problèmes assez faciles à imaginer.

Commence alors par radio une étrange conversation entre le grand ophtalmologiste norvégien et son jeune collègue qui se trouve au bout du monde. Patiemment, le professeur Vogt décrit les instruments indispensables pour pratiquer l'énucléation. Sous sa dictée, chaque instrument est dessiné avec précision. A n'importe quelle heure du jour ou de la nuit, Nils Scott trace les contours et commente la forme et l'utilisation exacte de chaque instrument; il faut ensuite les faire fabriquer avec les moyens du bord.

Mis dans la confidence, le chef mécanicien passe des nuits entières à exécuter les objets demandés. Avec du fil d'acier et des manches de limes à ongles, il fabrique un jeu de minuscules crochets destinés à tirer sur les muscles de l'œil. Dans une feuille d'aluminium, il confectionne une sorte de pince qui devra servir à écarter les paupières. Enfin, il s'attaque à la table d'opération qui doit être munie d'un accoudoir dont le but est d'assurer au chirurgien une parfaite immobilité de l'avant-bras. Pendant ce temps, le Canadien

Paul Lapôtre fabrique un masque à oxygène, tandis que le glaciologue suédois Tor s'attelle à la machine à coudre pour confectionner, avec des sacs de couchage, des calottes, masques et tabliers pour l'équipe d'opération.

Cinq hommes sont choisis pour des rôles extrêmement précis. Le photographe allemand Karl Schumann sera l'assistant. Tor sera l'anesthésiste. Paul Lapôtre sera chargé de passer les instruments. Le géologue américain Schaeffer surveillera la pression artérielle, quant au chef de l'expédition, l'Anglais Max Ader, il prendra le pouls et tiendra le journal de l'opération.

Alors, dans le plus grand secret, tous ces hommes venus de l'autre bout du monde vont s'entraîner pour sauver la vue d'un de leurs camarades. Après de longues conférences avec ce jeune « patron » qui va opérer pour la première fois de sa vie, ils vont répéter cent fois les mêmes gestes, refaire inlassablement le même mouvement, au millimètre près. De son côté, Nils Scott s'entraîne. Sur les conseils du professeur norvégien, il exerce l'agilité de ses doigts en attachant un fil à son petit doigt et en y faisant des nœuds en se servant du pouce et de l'index de la même main.

Deux jours avant la date prévue, les six hommes font une répétition générale. Bien sûr, malgré l'extrême discrétion dont ont fait preuve les protagonistes, la nouvelle a fini par se répandre. Dans la mission, tout le monde est au courant, sauf l'intéressé lui-même. Mettant les attentions particulières dont il est l'objet sur le compte de sa blessure à l'œil, Jacques Mauduit ne s'est pas rendu compte qu'elles étaient destinées à l'éloigner des lieux où l'équipe « répétait ».

Le 12 juillet, après le dîner, Max Ader fait venir

le blessé dans son minuscule bureau, en compagnie du médecin. Il lui annonce la nouvelle, puis il passe la parole à Nils Scott qui lui explique en détail les conversations par radio qu'il a eues avec le professeur norvégien. Malgré son extrême pâleur, qui prouve une émotion intense, Jacques Mauduit trouve la force de plaisanter :

« Essaie de ne pas te tromper d'œil ! »

Le lendemain, à midi, les six hommes se livrent à une ultime répétition générale. Le réfectoire a été vidé de ses meubles et lavé à l'eau javélisée. Au plafond, au-dessus de la table d'opération, Karl Schumann a installé des lampes photographiques à grande puissance. Une seconde série d'ampoules de secours a été branchée sur des batteries, au cas où le groupe aurait une défaillance. Tout a été prévu, répété, calculé.

A treize heures, le Français fait son entrée dans la salle d'opération. A la vue de ses six copains, vêtus de blanc, masqués et gantés, Jacques Mauduit, pour dissimuler son anxiété, plaisante :

« Attention, les gars, vous allez me faire peur. »

Tous se mettent à rire et cela détend un peu l'atmosphère. Le patient s'allonge sur la table. Tor, le glaciologue suédois, promu anesthésiste, fait la piqûre. Quelques instants plus tard, Jacques Mauduit a perdu conscience.

Et l'opération commence. Avec un sérieux et une concentration exemplaires, ces six hommes suivent et assistent pendant 2 h 40 ce jeune étudiant en médecine qui pratique une énucléation pour la première fois de sa vie. Pendant 2 h 40, suant à grosses gouttes derrière leur masque, ces jeunes hommes rompus aux exercices physiques les plus durs restent immobiles. Ils ne prononcent pas une seule parole inutile. Le pouls du patient s'accélère de manière inquiétante. Une piqûre administrée par le glaciologue le fait revenir à la normale. Ce n'est que lorsque Nils Scott aura fait son ultime pansement et prononcé les mots « c'est terminé », que ces grands gaillards habitués à parcourir les glaciers pendant des heures, s'aperçoivent qu'ils sont morts de fatigue.

Et l'attente commence. Le professeur Vogt a annoncé que l'on ne saurait si l'opération avait réussi que sept semaines plus tard environ. Petit à petit, Jacques Mauduit, qui a parfaitement subi l'épreuve, reprend son travail. Deux mois plus tard, Nils Scott peut envoyer un message à Oslo : « Opération réussie. Au nom de tous, merci. »

Mais l'équipe n'a pu savourer pleinement sa victoire que trois mois plus tard.

Ce jour-là, comme prévu, le bateau ravitailleur parvient jusqu'à la mission. Après avoir débarqué les caisses et les containers de toutes sortes, le commandant remet à Nils Scott un petit paquet. Ce qu'il a fait parvenir en secret, c'est une série d'yeux artificiels, dont l'un est parfaitement assorti à l'œil valide du météorologue. Une petite incision et il est mis en place. Alors seulement l'étudiant en médecine peut annoncer à son équipe que leur tâche est accomplie.

Lorsque l'œil valide de Jacques Mauduit se tourne d'un côté ou de l'autre, l'œil artificiel suit le même mouvement. Oh! pas beaucoup, mais il bouge. Ce que peu de spécialistes au monde parviennent à faire, des amateurs l'ont réussi. Lors de l'intervention, sur les conseils du grand chirurgien norvégien, Nils Scott a suturé les muscles des deux yeux les uns avec les autres dans le bon ordre, formant ainsi une sorte de bouquet qui, par friction, oblige l'œil artificiel à se déplacer en même temps que l'œil valide. Le résultat est fantastique, étant donné les circonstances de l'opération.

Voilà comment, à l'autre bout de la planète, un Norvégien, un Anglais, un Canadien, un Allemand, un Suédois et un Américain, ont réussi parfaitement une opération destinée à sauver un Français de la pire des infirmités. « Si tous les gars du monde »... Une histoire héroïque ? Non. Une histoire d'hommes, tout simplement.

LE TRAIN FANTÔME

Vendredi 3 mars 1944. Il n'est pas loin de minuit. Angelo Caponegro n'en peut plus. Cela fait trois mois qu'il est chef de gare à Balvano, entre Naples et Rome. Et le travail qu'il a dû fournir ces dernières semaines est épuisant... L'Italie traverse en effet une période dramatique. Au sud, les alliés continuent leur progression au prix de durs combats. Au nord, Mussolini et ses partisans, appuyés par les Allemands, exercent encore leur dictature. L'Italie, en ce début 1944, est un pays déchiré, un champ de bataille.

Angelo Caponegro, comme tous les chefs de gare des localités proches des combats, a une responsabilité écrasante. Il faut que les convois de réfugiés du sud passent, avec le risque incessant des bombardements allemands. A travers la vitre de son bureau, Angelo Caponegro aperçoit une dizaine de personnes. Ce sont les voyageurs pour le train 8017 qui doit arriver aux alentours de 0 h 10. Il a hâte de le voir arriver. C'est le dernier de la journée.

Il y a un coup de sifflet lointain. Il sort sur le quai. Le train 8017 à destination de Rome entre en gare dans un nuage de vapeur et s'immobilise dans un crissement de freins. Les voyageurs qui attendaient montent dans les wagons. Personne ne descend. Tout le monde, ou presque, dort et tout le monde va au terminus : Rome.

Angelo Caponegro se dirige en tête de quai pour interroger les mécaniciens. A cause de l'afflux de réfugiés, le nombre de wagons est plus élevé que prévu, et les voyageurs sont plus de cinq cents. Devant cette charge supplémentaire, il a fallu atteler deux locomotives. Mais c'est peut-être encore insuffisant...

Angelo Caponegro arrive devant la locomotive de tête et demande si tout se passe bien. Le mécanicien, couvert de suie, descend péniblement de sa machine.

« Jusqu'ici, oui, mais c'est maintenant que cela va être difficile. Il y a plusieurs rampes très dures après Balvano. Il faut faire le plein de charbon. »

Le chef de gare le rassure. Il a un stock largement suffisant pour les deux machines. Et, dans la nuit, le ravitaillement s'effectue. Pendant ce temps, la longue file des wagons reste silencieuse. Brisés par la fatigue et les émotions, les passagers dorment...

Le chargement dure quarante minutes. A 0 h 50, tout est prêt. Angelo donne un coup de sifflet. Les roues des locomotives se mettent en mouvement. Le convoi s'ébranle lentement. Le chef de gare reste sur le quai jusqu'à ce que les feux rouges aient disparu, puis il rentre dans son bureau. Il doit encore attendre le coup de téléphone de son collègue de Bella-Muro, la prochaine gare, lui annonçant que le 8017 est bien passé, après quoi il pourra se coucher. Jusqu'à Bella-Muro, il y a une vingtaine de kilomètres. C'est l'affaire d'un quart d'heure, vingt minutes en tenant compte de la surcharge du convoi.

Dans son bureau, éclairé par une maigre lumière, Angelo Caponegro allume une cigarette.

Il rêve... Bientôt, la fin de cette journée de travail et bientôt, il l'espère, la fin de la guerre... 1 h 05. Le 8017 doit être arrivé à Bella-Muro. Il regarde son téléphone mural, s'attendant d'une seconde à l'autre à entendre la sonnerie qui lui est familière. Mais le téléphone reste muet. Il allume une seconde cigarette... 1 h 15. Cela fait une demi-heure que le 8017 est parti. C'est à ce moment que le petit bruit grêle du téléphone retentit dans la pièce. Il décroche : au bout du fil, il reconnaît immédiatement la voix de Luigi, son collègue de Bella-Muro. Mais Luigi n'a pas son ton ordinaire. Il a l'air énervé, excédé même.

« Alors, qu'est-ce qu'il fait, le 8017 ? j'aimerais aller me coucher, moi ! »

Angelo Caponegro a un sursaut :

« Comment ? Mais cela fait plus d'une demi-heure qu'il est parti de chez moi ! »

Brusquement, Angelo n'a plus sommeil. Toute sa fatigue est tombée pour faire place à une curieuse impression. Peut-on appeler cela un pressentiment ? Non, il ne s'attend à rien de précis. Il a seulement tout à coup la sensation de se trouver en face de l'anormal. Le train 8017 n'a pas été bombardé par les Allemands, il l'aurait entendu. Alors, il s'est peut-être trouvé devant une rampe qu'il n'a pas pu franchir ? C'est très improbable. Avec deux locomotives, il aurait toujours pu la monter à petite vitesse et il devrait être arrivé à Bella-Muro depuis longtemps...

Pour tromper son anxiété, Angelo Caponegro se met à lire la seule chose qu'il ait sous la main : l'horaire des chemins de fer. Une lecture absurde qui ne fait que renforcer l'étrangeté de cette nuit. Ces heures de départ et d'arrivée ne correspondent plus à rien. Depuis longtemps, il n'y a plus d'horaire. C'est la guerre pour les trains aussi. Ils partent quand ils peuvent, et ils arrivent quand ils peuvent. Les chefs de gare sont prévenus à la dernière minute...

Deux heures du matin. Cette fois, il se passe quelque chose de grave. A plusieurs reprises, Angelo a téléphoné à la gare de Bella-Muro et Luigi lui a répondu, à chaque fois, d'une voix angoissée :

« Il n'est pas passé. »

Alors Angelo Caponegro prend une décision. Il appelle le dépôt des machines, met ses collègues au courant des événements et demande que lui soit envoyée d'urgence une locomotive pour explorer la voie... Elle arrive à 2 h 40. A Bella-Muro, il n'y a toujours pas la moindre nouvelle du train 8017.

En prenant place à côté du mécanicien, Angelo Caponegro ne prononce pas un mot. Il s'attend vaguement à quelque chose de terrible sans pouvoir deviner exactement quoi.

La locomotive avance presque au pas... Il faut se méfier. Le 8017 a pu dérailler et emporter les voies. Mais, pendant les premiers kilomètres, il n'y a rien de suspect. Rien sur les bas-côtés. Les deux rails suivent leur trajet avec un parallélisme parfait. La locomotive arrive au premier tunnel. Angelo Caponegro hurle :

« Stop ! »

Le 8017 est là, arrêté. Il est engagé dans le tunnel, à l'exception de l'arrière du dernier wagon. Les deux hommes sautent à terre. Angelo se met à courir. Tout le convoi est illuminé. Il forme un long ruban dont la tête se perd dans le premier virage à l'intérieur du tunnel. Tout est silencieux. Aucune des deux locomotives n'est en marche... Sa lampe à la main, Angelo s'approche avec précaution. Il lui semble distinguer des formes sur la voie. Il élève sa lampe et il recule, saisi.

Une femme le regarde, l'air hébété. A ses côtés, il y a un enfant et, plus loin, deux hommes sont assis sur les rails, prostrés... Ce qui le frappe tout de suite, c'est que la femme a les cheveux gris. Or elle est jeune, elle ne doit pas avoir plus de vingt ans. Et l'enfant, un enfant de six ou sept ans, lui aussi a les cheveux gris! Un enfant aux cheveux gris : c'est un spectacle inoubliable, surnaturel. Angelo Caponegro s'entend demander :

« Qu'est-ce qui vous est arrivé? »

Pour toute réponse, la jeune femme se met à éclater en sanglots, imitée aussitôt par l'enfant. Quelques mètres plus loin, les deux hommes lui font écho. Ils poussent des grognements indistincts, comme des cris de bêtes. Angelo découvre, en s'approchant, qu'eux aussi ont les cheveux gris. Il tente de les questionner, mais ils ne sont pas davantage en état de répondre.

Angelo Caponegro serre les dents. Il s'avance lentement vers le tunnel. Chaque pas qu'il fait lui coûte, représente une victoire sur sa peur. Mais c'est son devoir. C'est à lui qu'il appartient de découvrir ce qui est arrivé au train 8017.

Il a dépassé la dernière voiture du convoi. Maintenant, il est sous la voûte. Il règne un silence total. Il s'arrête devant la porte de l'avant-dernier wagon. Il l'ouvre, monte et pénètre dans le premier compartiment. Il y a huit personnes sur les banquettes : des hommes, des femmes, des enfants, avec des piles de bagages et d'objets hétéroclites comme en emportent les réfugiés. Tous ont l'air de dormir. Angelo tape sur l'épaule de l'homme qui est le plus près de lui : il s'effondre lourdement sur le plancher, entraînant dans sa chute une vieille dame qui s'immobilise dans une pause grotesque.

Cinq minutes plus tard, Angelo Caponegro sort

du tunnel. Le mécanicien a du mal à le reconnaître, tant son visage est décomposé. Il prononce
d'une voix blanche :

« Morts... Ils sont tous morts. Il y a plus de
cinq cents morts. »

Angelo Caponegro a fait son rapport aux autorités. Mais, en raison de la guerre, la censure a
décidé de tenir l'événement secret. Lorsque la
commission d'enquête a publié ses conclusions,
longtemps après, elles sont passées presque
inaperçues. C'est pourquoi l'accident le plus
étrange de toute l'histoire du chemin de fer est,
de nos jours encore, pratiquement inconnu.

L'explication en est aussi logique que terrible.
Dans le tunnel, il y a une forte rampe, la plus
raide de tout le parcours. Les deux locomotives
n'ont pu la franchir. Elles se sont immobilisées.
Pour repartir, les mécaniciens ont dû pousser
leurs machines au maximum. Ils ont mis autant
de charbon qu'ils pouvaient dans leurs chaudiè-
res. Mais celui-ci, en cette période de guerre, était
de qualité médiocre. Une terrible quantité
d'oxyde de carbone, ce gaz inodore et mortel
dégagé par la combustion, s'est immédiatement
répandue dans le tunnel. Les voyageurs et les
mécaniciens ont dû mourir sans s'en rendre
compte, en quelques minutes.

En tout, il y a eu, dans cette nuit du 3 au 4 mars
1944, cinq cent vingt et une victimes. Les quatre
survivants ont dû leur salut au fait que l'arrière
du dernier wagon où ils se trouvaient était hors du
tunnel. Mais ils ont été gravement intoxiqués. Outre
que leurs cheveux sont restés gris, le gaz a provoqué chez eux des lésions cérébrales irréversibles.

Quant à Angelo Caponegro, jamais il n'a pu
oublier le train 8017.

LA BOÎTE AUX LETTRES

LE docteur Andrieux, médecin généraliste dans le XVᵉ arrondissement de Paris, n'a pas lieu de se plaindre. Il a une belle clientèle. Son cabinet marche bien. Ce 19 novembre 1977, dix patients sont inscrits de demi-heure en demi-heure. A quatorze heures trente, il ouvre la porte de la salle d'attente et annonce :

« Monsieur Martin, s'il vous plaît. »

L'instant d'après, un homme d'une trentaine d'années est installé devant lui. Le docteur lui adresse un sourire engageant.

« Alors, cher monsieur, de quoi souffrez-vous ? »

Son patient lui fait sans se troubler cette réponse pour le moins inattendue :

« Je vais très bien, merci. »

Avant que le docteur Andrieux ait pu revenir de sa surprise, l'homme met la main à son portefeuille et en sort une carte barrée tricolore.

« Docteur, je comprends votre étonnement. Il faut avant tout que je me présente : Jérôme Martin, du Deuxième Bureau. Mes supérieurs m'ont chargé auprès de vous d'une mission délicate et confidentielle. »

Le médecin regarde l'homme qui est assis en

face de lui. Celui-ci semble avoir deviné le cours de ses pensées.

« Vous imaginiez sans doute différemment un membre du Deuxième Bureau ? Je vais vous montrer à quel point nous sommes renseignés. Vous avez donné rendez-vous le 23 novembre prochain à dix-sept heures à l'un de vos malades, Michel Bertier. C'est bien exact ? »

Le visage du docteur Andrieux se ferme... Son interlocuteur accentue son sourire.

« Bien sûr, je comprends votre réaction : le secret professionnel. Eh bien, moi, je vais vous livrer un autre secret professionnel : Michel Bertier travaille au ministère de la Défense. C'est un espion au service d'une puissance étrangère. Le 23 novembre, il doit regagner définitivement son pays en emportant dans sa serviette des plans confidentiels. La sortie de ces plans serait une catastrophe pour notre pays. Vous êtes notre seul recours pour l'en empêcher, docteur. »

Malgré lui, le docteur Andrieux questionne :

« Et en faisant quoi ?

— Nous savons que Michel Bertier souffre de la colonne vertébrale. Vous n'aurez qu'à lui faire une piqûre de somnifère et je me chargerai du reste. »

Cette fois, c'en est trop, le docteur explose :

« Je suis médecin et pas agent secret. Je n'endormirai pas un homme venu réclamer mes soins. Débrouillez-vous sans moi ! »

Le lendemain, à dix-neuf heures trente, le docteur Andrieux reçoit le dernier des patients inscrits sur son carnet de rendez-vous.

L'homme a tout du monsieur important. Il a la

soixantaine imposante. À sa boutonnière, la rosette de la Légion d'honneur.

Cette fois, le docteur n'a même pas le temps de poser sa question traditionnelle. L'homme a sorti de son portefeuille une carte officielle et commence :

« Colonel Béchard, du Deuxième Bureau. Je suis le supérieur de Martin que vous avez vu hier... Vous avez eu parfaitement raison de refuser. Ces scrupules vous honorent. Et pourtant, je dois insister, docteur. La perte de ces plans serait une catastrophe pour la France et vous êtes notre seule chance de les récupérer. »

Cette fois, le docteur Andrieux est ébranlé. Bien sûr, il n'est que médecin, il n'a aucune raison de se mêler de ces histoires entre services secrets. Pourtant, refuser dans ces conditions ressemblerait un peu à une démission, certains diraient une trahison. Il s'entend prononcer :

« Je ferai cette piqûre. »

Le colonel lui serre la main d'un air officiel.

« Merci, docteur. Je vous promets qu'après cela, vous n'entendrez jamais plus parler du Deuxième Bureau. »

23 novembre 1977, dix-sept heures. Le docteur Andrieux vit dans l'attente de cette minute depuis plusieurs jours. C'est maintenant qu'il doit recevoir Michel Bertier, l'espion du ministère de la Défense.

Après avoir pris son souffle, il ouvre la porte de son cabinet et lance d'une voix qu'il veut posée :

« Monsieur Bertier, s'il vous plaît... »

Michel Bertier arrive immédiatement, la main

tendue. Le médecin le connaît bien. Cela fait plusieurs mois qu'il le soigne pour une maladie des disques de la colonne vertébrale particulièrement douloureuse. L'homme lui a semblé sympathique. Mais justement, n'est-ce pas là une qualité requise pour un agent secret ?

Le médecin remarque la serviette de cuir noir qu'il serre sous son bras gauche. Elle n'est pas très épaisse.

« Je dois partir tout à l'heure pour un voyage à l'étranger, et en avion, mon dos me fait toujours souffrir. Que pourriez-vous faire pour moi, docteur ? »

Le docteur Andrieux garde son calme, mais son cœur bat plus vite... Il dit de sa voix la plus naturelle :

« Déshabillez-vous, je vais vous faire une piqûre. »

Le docteur Andrieux passe dans son laboratoire et emplit une seringue d'un puissant narcotique. Son patient retire sans méfiance sa veste, qui va rejoindre sur la chaise la petite serviette de cuir noir. La piqûre est faite en quelques secondes.

Instantanément l'espion sombre dans l'inconscience. Le docteur Andrieux n'a plus qu'à ouvrir la seconde porte de son cabinet, celle derrière laquelle se tenait Jérôme Martin, l'homme du Deuxième Bureau... Celui-ci se précipite sur la serviette noire, l'ouvre et considère quelques instants les feuillets qu'il en a sortis. Il sort alors d'une mallette d'autres plans, apparemment semblables et les met à leur place, puis quitte le cabinet sans dire un mot. Peu après, le docteur Andrieux convainc sans peine Michel Bertier qu'il a été victime d'un malaise et celui-ci repart sans méfiance.

Après cette parenthèse romanesque, la vie du docteur Andrieux reprend comme avant, le cabinet est surchargé, la clientèle toujours aussi nombreuse.

Le 15 décembre 1977, en consultant en début d'après-midi son carnet de rendez-vous, le docteur Andrieux manque de s'étrangler : son assistante a écrit Béchard. Le colonel Béchard, du Deuxième Bureau! Mais qu'est-ce que cela veut dire? Il lui avait promis qu'il n'entendrait plus jamais parler de lui...

Tout en recevant ses patients de l'après-midi, le docteur se jure bien une chose : cette fois, quoi que lui demande le colonel Béchard, il refusera.

Il est enfin dix-neuf heures trente... Le sexagénaire entre dans le cabinet. Il s'installe sans aucune gêne apparente dans le fauteuil. Son expression trahit même une certaine arrogance.

« Je vous avais promis que vous n'entendriez plus jamais parler du Deuxième Bureau, et je tiens parole. Je n'appartiens pas au Deuxième Bureau, docteur Andrieux, pas plus que mon subordonné Jérôme Martin, pas plus, évidemment, que notre agent au ministère de la Défense, Michel Bertier. Pour prendre livraison des documents qu'il s'était procurés, nous avions besoin d'un contact discret. J'ai pensé au cabinet d'un médecin. Comme il était votre patient depuis quelques mois, c'est vous que nous avons choisi. Plusieurs personnes ont rendez-vous à des heures différentes, elles ne se connaissent pas, elles ne se verront jamais : on ne peut rien imaginer de plus sûr et de plus anonyme. »

La voix de l'espion devient subitement plus dure.

« Et vous allez continuer, docteur. A partir

d'aujourd'hui, vous allez devenir notre boîte aux lettres. Vous verrez, c'est très facile. Vous n'aurez qu'à suivre nos instructions. »

Le docteur Andrieux s'est brusquement empourpré. Il se jette en direction de son visiteur. Mais celui-ci l'arrête d'un geste.

« Gardez votre calme, docteur. Vous êtes entièrement en notre pouvoir. Vous êtes compromis. C'est chez vous, grâce à vous que les documents ont été transmis. Un conseil encore : ne prévenez personne. A partir de maintenant toutes vos communications téléphoniques sont surveillées, de même que votre courrier. Et ne vous avisez pas d'appeler d'un café, vous n'aimeriez pas, j'imagine, qu'il arrive malheur à votre femme ou à vos enfants... »

Après la sortie de son visiteur, le docteur Andrieux reste anéanti. Pourquoi n'a-t-il pas refusé tout de suite? Maintenant l'espion a raison, il est totalement compromis. S'il ne s'agissait que de lui, il pourrait peut-être prendre des risques, mais sa femme, ses enfants...

Pourtant, après quelques minutes de réflexion, le visage du docteur s'éclaire. Il se met à sourire.

Si le docteur Andrieux a choisi Adrien Carmaux, c'est qu'il occupe un poste important au ministère des Finances. C'est à lui qu'il va lancer son message. Pour cela, il a imaginé un moyen infaillible. Même s'il y a des micros cachés dans le cabinet, les autres ne pourront rien découvrir.

Après l'avoir examiné, tout à fait normalement, il rédige son ordonnance. Son malade le regarde écrire, un peu inquiet. Il doit être en train de penser : « Si c'est si long, c'est que cela doit être grave. »

Et pour cause, c'est long. Le docteur Andrieux est en train de résumer son histoire sur l'ordonnance et de demander à son patient de prévenir le Deuxième Bureau, le vrai.

Deux jours plus tard, le médecin reçoit un appel à son cabinet.

« Ici le Deuxième Bureau. Ne craignez rien, docteur, dès maintenant nous répondons de votre sécurité et de celle des vôtres. Mais, la prochaine fois, quand quelqu'un viendra vous voir en se prétendant des services secrets, prévenez d'abord la police, on ne sait jamais. »

LE GARDIEN-CHEF COLLEY
N'A PAS D'ORDRE

Il est vieux, fatigué, morose. Il s'appelle Zamba. Jacobus Zamba. Il ne sait plus depuis longtemps comment va le monde, et ce qui se passe au-delà de ces murailles sombres. Il est en prison depuis plus de vingt ans, et ne compte plus les jours. Ils sont vingt ou trente par cellule, avec un lavabo et une tinette. C'est le Moyen Age en 1930. La prison de Colombus dans l'Ohio a été construite au temps des colons, et rien n'a changé depuis. C'est une forteresse noire, épaisse et lugubre qui garde dans ses flancs quatre mille prisonniers, presque autant de rats, le double de cafards, et vingt gardiens pour le tout.

Le hurlement de Jacobus Zamba va réveiller les quatre mille prisonniers, les vingt gardiens et faire courir les rats dans les paillasses. Il a hurlé à la mort :

« Le feu, les gars, sur la droite, dans les cachots, j'ai vu de la fumée...

— T'es sûr ?

— Sûr... Le feu ! C'est le feu ! »

Le mot passe de mur en mur, de barreau en barreau, court le long des couloirs, dégringole les escaliers de fer.

« Le feu... Le feu... Le feu... »

Une sorte de grondement l'accompagne, fait de centaines de pieds qui frappent en cadence, de poings qui cognent sur les guichets.

Jacobus saute après la fenêtre, s'y agrippe, écarquille les yeux et hurle de plus belle. Cette fois il a vu les flammes et un énorme nuage de fumée noire et épaisse.

L'agitation devient panique. Le grondement enfle, les cris se multiplient, et la galopade des gardiens enfin réveillés dans les couloirs, ne calme pas les détenus bien au contraire.

Là-haut, dans les combles, le gardien-chef s'acharne après le poste de T.S.F. qui ne sert qu'en cas d'urgence.

Prison de Colombus en feu. Détenus en danger de mort, demande du secours urgent — Allô, allô, gardien-chef Colley, prison de Colombus en feu — demande de secours urgent...

La réponse arrive en quelques secondes :

Ne bougez pas. Ordre de ne pas évacuer. Les secours arrivent.

Ordre de ne pas évacuer : il ne faut pas lâcher dans la nature quatre mille prisonniers de droit commun, dont une bonne moitié d'assassins et de gangsters de la fine espèce. Alors, le gardien-chef Colley rassemble ses hommes, distribue les armes, et les poste à l'entrée de chaque couloir de cellules, avec l'ordre formel, quoi qu'il arrive, de ne pas évacuer les prisonniers.

Il a abandonné le bâtiment des cachots où le feu a pris naissance. Une bonne dizaine de prisonniers condamnés à la réclusion y sont enfermés sans aucune possibilité d'accès.

Le feu gronde dans le couloir, et les flammes de plusieurs mètres font un barrage infranchissable.

Le gardien-chef Colley a entendu les hurlements des hommes, et n'a rien pu faire.

Il n'y a pas de système de lutte contre l'incendie, et la vieille bâtisse est environnée de miradors de bois, sa charpente est en bois, les combles qui servent de bureaux sont en bois, les sols sont en bois, seuls les escaliers, les grillages et les barreaux des cellules sont en métal. Le tout est cerné d'un mur, épais d'un mètre, à peine troué de quelques lucarnes. La prison de Colombus peut devenir d'une minute à l'autre une chaudière infernale.

Déjà, une fumée âcre envahit les cellules, et le circuit électrique qui commande l'ouverture des portes ne fonctionne plus. Les quatre mille prisonniers sont coincés derrière leurs barreaux.

Les gardiens pourraient utiliser leurs trousseaux, mais le chef a ordonné :

« Que personne ne bouge, ordre de ne pas évacuer; les prisonniers restent là où ils sont, et nous aussi ! »

L'un des gardiens a tenté de protester. Un jeune gars du nom de Flipper :

« Mais, chef, on pourrait les grouper dans la cour, en attendant les pompiers ! Le feu gagne, on sent déjà la chaleur !

— Flipper, j'ai donné un ordre ! Nous sommes vingt, ils sont quatre mille, si vous ouvrez les portes, nous serons débordés. Les pompiers seront là dans un quart d'heure, vingt minutes tout au plus. Restez calme... »

Jacobus Zamba est accroupi derrière les barreaux de la cellule, les deux mains tendues vers le gardien le plus proche, le nommé Flipper.

« Flipper, eh ! Flipper, donne-moi tes clefs, on va crever ici si tu n'ouvres pas. »

Flipper ne répond pas. Son arme à la main, il

surveille le visage du gardien-chef Colley planté à l'autre bout du couloir.

La fumée est déjà partout, et une chaleur inquiétante empêche de respirer normalement. Pour comble d'angoisse, la lumière des couloirs qui s'était maintenue jusque-là par miracle, s'éteint brutalement, et l'on entend même une explosion brutale, quelque chose a sauté, le compteur central probablement.

Dans le noir soudain, après quelques secondes de silence inquiet, les détenus redoublent leurs cris. Le vacarme devient insoutenable. Par les fenêtres étroites des cellules qui longent le mur extérieur, on distingue la lueur rouge de l'incendie, c'est l'enfer.

Une rafale de mitraillette, tirée en l'air par le gardien-chef Colley, tente d'endiguer l'affolement. Muni d'un porte-voix, il essaie de calmer les hommes.

« J'ai dit que les pompiers arrivaient! Ils sont sûrement déjà là. Du calme, ne vous affolez pas. Si on vous laissait sortir, vous ne pourriez même pas traverser la cour, et vous gêneriez leur travail. »

Flipper, dans le noir, s'aidant de la lueur de l'incendie, qui l'éclaire par moments, rejoint son chef.

« Chef, on n'a pas entendu les sirènes, ils ne sont pas là! Pourquoi vous ne leur dites pas la vérité?

— Je sais, Flipper, j'ai dit ça pour les calmer, allez voir, mais surveillez vos réactions. »

A tâtons, le gardien Flipper entreprend de gagner la porte qui donne accès au chemin de ronde. De là, le spectacle est terrifiant. Le corps central du bâtiment où il se trouve, épargné jusque-là, ne l'est plus. A l'extrémité, une colonne de feu de plusieurs mètres avance en grondant. Le mirador central, devenu une véritable torche, s'écroule avec fracas. Le feu envahit les toits. Dans quelques minutes, ils seront définitivement isolés. Il faut sortir par la cour principale, et ouvrir les portes, c'est la seule solution, pour sauver les hommes.

A toutes jambes, Flipper regagne le rez-de-chaussée de la prison, où la chaleur est déjà insoutenable. La fumée lui coupe la respiration. On entend tousser les hommes, certains crient encore, d'autres pleurent comme des gosses apeurés. Flipper se précipite vers le gardien-chef Colley et s'agrippe à lui :

« Chef, il faut les faire sortir et nous avec, c'est foutu. Le feu nous a cernés, les pompiers ne sont pas là !

— Flipper, vous êtes fou ! J'ai des ordres, personne ne bougera d'ici, si vous vous affolez, nous n'en sortirons pas.

— Mais, chef, c'est de l'assassinat !

— Ne dites pas de bêtises, je ne peux rien décider en l'absence du directeur.

— Mais il est sûrement dehors ! Il a dû voir l'incendie de sa maison, il nous dirait sûrement de lâcher les hommes.

— C'est possible, mais je n'ai pas d'ordre.

— Mais, chef, écoutez-les, bon sang, ils sont en train de brûler vifs là-bas, et ça ne va pas tarder ici ! C'est un massacre volontaire ! »

La tension est insoutenable. Pris dans le feu croisé des lampes-torches, le gardien-chef Colley recule et pointe son arme en direction de ses propres gardiens.

« Que personne ne bouge, ou je tire. Je suis responsable de cette prison et personne n'en sortira sans un ordre. »

Les hommes s'immobilisent, puis reculent effrayés, tandis que les hurlements reprennent, car le feu a pris dans les paillasses et les hommes tentent de l'éteindre à coups de pied.

Le gardien Flipper s'empare du porte-voix et ordonne :

« Enlevez vos chemises. Trempez-les dans l'eau de vos tinettes, enveloppez-vous dedans, faites des chiffons, bâillonnez-vous avec, exécution, dépêchez-vous ! »

Toujours campé sur ses jambes au milieu du couloir, le gardien-chef Colley, sa mitraillette à la main, ne bouge pas. On le sent affolé mais buté dans sa décision stupide et criminelle : ne pas lâcher dans la nature des milliers d'hommes dangereux.

Flipper s'empare alors d'une lampe-torche et la braque sur lui :

« Chef, si vous ne donnez par l'ordre d'ouvrir les cellules, vous serez responsable de leur mort, et peut-être de la nôtre. »

Flipper avance doucement... Le chef recule légèrement. Immédiatement derrière lui, se trouve la cellule de Jacobus Zamba. Le vieux prisonnier observe la scène avec intensité, il est le seul à avoir compris ce que veut faire le gardien Flipper. Il tend les bras au maximum de chaque côté des barreaux, comme deux tentacules, et il attend, silencieux, à l'affût.

Flipper se fait conciliant, il murmure presque et le chef ne comprend rien à ses paroles dans les hurlements et le tapage infernal des prisonniers fous de terreur :

« Chef, c'est criminel, murmure Flipper, donnez-moi vos clefs, laissez-moi les jeter aux hommes, il faut sortir de là, je vous en supplie, ne soyez pas stupide, il y a déjà des morts, écoutez-les, ils sont en train de brûler vifs, vous ne pouvez pas laisser mourir ceux-là... Laissez-moi faire... Je vous en prie, chef... Nous allons tous crever ici... »

Mais le gardien-chef Colley cloué dans son incommensurable bêtise, fasciné par ce qu'il appelle son devoir, ne répond pas, ne bouge plus, et Flipper sent que s'il fait un geste maladroit il tirera n'importe où, n'importe comment, mais il tirera.

Et soudain, il entend crier :

« Chef, attention, le feu est derrière vous ! »

Jacobus Zamba a hurlé si fort que tout le monde y croit, et Colley se retourne brutalement. Jacobus attrape la mitraillette par le canon, Flipper se jette sur le dos de son chef, et s'écroule sur lui.

En un tour de main, les clefs volent dans les mains du vieux Jacobus, Flipper donne les siennes à un autre détenu et la bousculade est à son comble.

La plupart des prisonniers à peine libérés se jettent dans les couloirs comme des fous, cherchant les issues possibles. Ils ne sont que quelques-uns à faire le tour de toutes les cellules pour libérer leurs camarades, en se passant les clefs de main en main...

Au-dehors, c'est la fournaise, et ceux qui parviennent à s'échapper, garderont longtemps dans les oreilles l'immense hurlement de centaines d'hommes prisonniers des flammes, enfermés à double tour dans ces cellules minuscules, véritables fours crématoires.

Un vent de tous les diables active l'incendie, et les secours arrivés trop tard assistent impuissants au désastre. Les malheureuses pompes à incendie braquées sur la prison n'arrivent même pas à entamer le mur de flammes qui l'environne.

Ils étaient quatre mille. Il y eut plus de cinq cents morts et deux mille brûlés graves... Jacobus Zamba et le gardien Flipper les mains grillées, les cheveux roussis, ont réussi à traîner le gardien-chef Colley jusqu'au-dehors, au milieu des poutres qui s'écroulaient, à travers un rideau de flammes où se tordaient des prisonniers oubliés. Mais c'est curieux qu'ils aient fait cela. Personne ne leur avait dit de sauver la vie du gardien-chef Colley. Après tout, ils n'avaient pas d'ordre.

L'ENFANT DU SIÈCLE

José a huit ans. Il sait exactement ce qu'il faut faire lorsqu'on prend l'avion, le bateau ou le train. Il serait capable de descendre seul dans un hôtel, et au restaurant de commander son déjeuner sans l'aide de personne.

Suivi d'une nurse, il a fait cinquante fois le voyage entre Mexico, New York et San Francisco. A Mexico il dit au revoir à sa mère. A San Francisco il dit bonjour à son père, et ainsi de suite. Week-ends, vacances et fêtes carillonnées ont fait de lui le commis voyageur de ce couple divorcé. Un parmi des milliers d'autres, de ce côté de l'Atlantique.

Mais aujourd'hui, 1er janvier 1967, José en a assez. Même à huit ans, ce sont des choses qui arrivent.

Il règne ce jour-là, dans l'aéroport de New York, une ambiance bizarre. Un mélange d'excitation et de fatigue inhabituelle dues au 1er janvier, sans doute. Les employés ont les yeux creux et les voyageurs sont plus pressés que d'habitude. Il y a ceux qui sont furieux de voyager un jour de fête, et ceux qui sont contents pour la même raison.

José, lui, en a assez. C'est tout ce qu'il dit à sa nurse espagnole.

« Pépita, j'en ai marre. »

La nurse qui sommeillait a un sursaut :

« José, on ne dit pas *j'en ai marre.*

— Et qu'est-ce qu'on dit alors, quand on en a marre ? »

Pépita ne sait quoi répondre. Quand elle en a marre, elle n'a pas le droit de le dire, alors, comment saurait-elle ? Depuis deux heures, les passagers du vol à destination de San Francisco attendent leur avion, lequel se fait de plus en plus problématique. On leur a dit : « Patience, une histoire de moteur, les vols sont surchargés. » Et on les a parqués là, dans un salon, avec des sandwiches et du café. José et sa nurse ont donc patienté avec les voyageurs de première classe. Mais l'attente se prolonge, et la nurse a sommeil. José la regarde s'endormir avec impatience. Dix minutes passent.

José se lève, enfile son manteau, et va se promener. Il le connaît par cœur cet aéroport. Les marchands de journaux, les distributeurs automatiques, les affiches, les escaliers roulants, José traîne. Personne ne fait attention à lui, sauf un balayeur.

Dans les grands aéroports internationaux il y a des balayeurs un peu partout. Muni d'un balai et d'une pelle à couvercle automatique, ils ramassent les déchets des grands voyages : mégots, billets déchirés, papiers de chewing-gum, et autres trésors.

« Salut ! dit José.

— Salut ! » répond le balayeur.

C'est un vieux noir, tout habillé de bleu. Il considère le gamin avec attention.

« Où vas-tu ?

— A San Francisco...

— T'en as de la chance! »

José réfléchit. De la chance? Pourquoi aurait-il de la chance d'aller à San Francisco? C'est comme s'il avait de la chance d'aller à l'école, ou ce genre de chose, il ne comprend pas.

« Pourquoi j'ai de la chance?

— Ben moi j'aimerais bien aller à Frisco, c'est là que je suis né.

— Et tu n'y vas jamais?

— Non.

— Pourquoi, t'y vas jamais? Tu prends pas l'avion?

— J'ai pas d'argent pour ça, mon garçon. »

José approuve avec gravité. C'est vrai. Où avait-il la tête? Un balayeur ne gagne pas assez d'argent, sinon il ne serait pas balayeur.

Comme le vieux s'assoit sur un banc, José fait de même, et tous deux discutent tranquillement, de choses et d'autres, du métier de balayeur, par exemple.

Le vieux Noir explique qu'il lui arrive parfois de trouver de l'argent par terre, un collègue a même trouvé un bijou, une fois : une broche en diamant.

Une voix doucereuse annonce quelque part dans un haut-parleur que le vol de San Francisco est annoncé dans un quart d'heure. José soupire.

« J'en ai marre d'attendre, tu sais. Et puis j'ai pas envie d'aller à San Francisco. Pour ce que je vais y faire... Mon père va jouer au golf, et moi, j'attendrai de repartir. »

Le balayeur sourit.

« Eh bien moi, si j'allais à Frisco, j'irais voir les copains, et mes frères, et puis ma sœur. Je l'ai pas vue depuis dix ans au moins !

— Tu ferais la foire ?

« — Ah! ça, oui, fiston, je ferais la foire, ça oui!

— Comment on fait la foire? »

Le vieux balayeur ne saurait expliquer ça. La foire, c'est la foire! Comment dire?

« Eh ben, on est heureux, c'est tout, on rigole, et on est content de rigoler, alors on continue de rigoler! »

Cette profession de foi fait réfléchir José. Rigoler.

Etre content de rigoler, faire la foire. Voilà une chose qui lui ferait plaisir.

« Comment tu t'appelles, balayeur?

— Bud, fiston.

— Ça te dirait, Bud, de faire la foire avec moi à San Francisco? »

Le vieux Noir éclate d'un rire heureux. Il aimerait ça, c'est sûr, mais ce n'est pas possible.

Alors José regarde autour de lui, au loin, il aperçoit la nurse qui dort dans un fauteuil.

« Ecoute, tu vas m'attendre ici, hein? Tu bouges pas. T'as une valise?

— Non.

— Ça fait rien, tu prendras la mienne. Mais il faut que tu changes de costume. T'as un costume?

— Ben, j'ai mon pantalon, sous la combinaison...

— Très bien. Enlève ta combinaison, faut pas qu'on voie que tu es balayeur, tu comprends... et tu m'attends ici, je reviens tout de suite. »

José traverse le hall, et s'approche avec précaution de la nurse assoupie. Sans bruit, il prend la valise, le sac de la nurse et son manteau, et puis, réflexion faite, il prend aussi le bonnet de fourrure sur la banquette.

Courbé sous le poids de son butin, il rejoint son nouveau compagnon.

« Bon, tu mets le manteau et le chapeau. Faut que tu aies l'air d'une dame. Les billets sont dans le sac. Dépêche-toi, si elle se réveille, c'est fichu, et elle braille si tu savais ! »

Le balayeur n'hésite pas une seconde. En rigolant, il enfile le manteau de fourrure, le bonnet, suspend son sac à son bras et les voilà partis.

A la porte d'embarquement, l'hôtesse ne fait pas attention, et pourtant le blue-jean crasseux qui dépasse du manteau de la nurse et les deux chaussures éculées font du balayeur une silhouette remarquable. Mais la foule des voyageurs se presse et l'hôtesse ne voit que les billets. José a des fourmis dans le dos. Pourvu que l'autre ne se réveille pas, pourvu qu'elle n'entende pas le dernier appel.

Les deux fuyards s'engouffrent dans la passerelle d'embarquement et se jettent en hurlant de rire dans les fauteuils de première classe.

Quelque part là-bas, dans le salon d'attente, la nurse a ouvert un œil, puis deux. A présent, elle les écarquille : plus de José, plus de manteau, plus de sac. La voilà qui court au contrôle, qui demande en espagnol, mêlé d'anglais, où est passé le tout, l'avion, José, son sac, et San Francisco.

Pauvre nurse. Dix minutes d'affolement font que l'avion est en l'air. Une demi-heure de discussion et d'explications maladroites font que la police de l'aéroport croit à un kidnapping.

Personne, absolument personne n'imagine une seule seconde que le petit José de huit ans ait pu prendre l'avion tout seul. Et lorsqu'on y pense, il est trop tard.

San Francisco répond que José était bien sur la liste des voyageurs et que dans l'avion, en première classe, se trouvaient bien un enfant et une femme noire. Ils ont mangé, bu du champagne, et ils ont disparu comme tous les autres voyageurs, après l'atterrissage.

A Mexico, c'est une mère affolée. A San Francisco, un père dépassé par les événements. A New York, une pauvre nurse à bout de nerfs, qui répète inlassablement à la police :

« Je ne sais pas... je dormais... je ne sais pas. J'ai rien vu. »

Un enfant si raisonnable, si sage, si intelligent ! Sa photo est dans tous les postes de police, dans toutes les voitures de patrouille. 1,10 m, cheveux bruns bouclés, yeux noirs, sourire malin.

2 janvier, 6 janvier, 8 janvier. Une semaine a passé dans l'angoisse pour la famille.

Une semaine a passé dans la joie, pour José et le balayeur. Une foire ! Frères, sœurs, tous les copains du vieux Bud, lui ont fait la semaine de vacances la plus merveilleuse qu'il ait jamais connue. Avec des frites et des saucisses, des nuits à jouer au billard ou à hurler au combat de boxe. Cinéma, fêtes foraines, et pour finir une grande, grande fête avec de la musique, et des gâteaux. Une foire ! Les dollars de la nurse y sont passés entièrement.

Puis le vieux Bud a mis José dans un taxi, et José a donné l'adresse de son père. Il fallait bien rentrer.

En l'embrassant sur le front, le balayeur n'était pas vraiment inquiet :

« Tu diras pas où j'habite, hein, mon gars ? »

Et José n'a pas dit. Il s'est contenté de répéter :

« J'ai trouvé un ami et j'ai bien rigolé ! C'est pas comme avec vous. Avec vous, je m'ennuie. Vous devriez faire la foire de temps en temps. Est-ce qu'il y a des saucisses ? Est-ce que je peux aller voir le match de boxe ? Est-ce que la nurse peut jouer au football ?

— Monsieur, madame, a dit le juge pour enfants d'un ton doctoral, José va vivre quelque temps chez ses grands-parents. Il semble les aimer beaucoup, ceci devrait vous faire réfléchir. »

Et José, en arrivant chez ses grands-parents à demandé :

« C'est quand qu'on fait la foire ? »

UN PARFUM DE FEMME
DÉLICAT ET SUBTIL

La campagne est envahie par le brouillard milanais, épais, poisseux, lugubre, et il fait nuit. On
distingue à peine le mur de clôture d'une propriété luxueuse, au portail verrouillé. Dans le
parc, deux dobermans veillent au seuil de leur
niche, oreilles pointues, œil d'or, et dents de
fauve. La villa est silencieuse, sombre. Seule une
faible clarté passe au travers des rideaux du
salon. Elle vient d'une lampe à éclairage indirect,
d'un bleu reposant, qui laisse la pièce dans une
pénombre confortable, et aussi de l'écran de télévision en couleurs. Dans le scénario compliqué
d'une romance à l'américaine, Stewart Granger
embrasse une blonde inconnue, au son d'une
musique sirupeuse. Sur un canapé de velours, un
chat, immobile, le dos rond, les pattes soigneusement repliées sur sa queue, regarde en face lui,
disposés en arc de cercle devant la télévision, sept
fauteuils, du même velours rouge.

Dans le premier, Sergio, quarante-cinq ans,
riche commerçant milanais. La tête repliée. Une
balle dans la nuque.

Dans le deuxième, Emilio, son beau-père,

63

soixante-dix-neuf ans. La tête repliée, une balle dans la nuque.

Dans le troisième, Cecilia, femme de Sergio, quarante ans, la tête repliée, une balle dans la nuque.

Dans le quatrième, Ernestina, sa mère, soixante-quinze ans, la tête repliée, une balle dans la nuque.

Dans le cinquième, Matteo, le fils cadet, treize ans, la tête repliée, une balle dans la nuque.

Dans le sixième fauteuil, personne.

Dans le septième fauteuil, personne.

En dehors des cinq cadavres, le salon est calme, aucun désordre, pas de trace de voleur, aucune fenêtre fracturée, pas une porte ouverte. Tous les verrous sont fermés, la maison est vide.

Seuls êtres vivants, le chat, à l'intérieur, silencieux devant ce carnage, et les chiens, dehors, attentifs aux bruits de la nuit. Le film se termine, une speakerine débite des sourires, un journaliste raconte les histoires du monde, politique, guerre, violences, et prix du pétrole... Un dessin animé prend sa place, bref, l'écran épuise son programme de divertissements, puis l'émetteur de la R.A.I. s'endort pour la nuit, et il ne reste plus sur l'écran qu'un brouillard d'ondes grises, comme au-dehors.

Lorsque la police judiciaire arrive, le lendemain, les programmes ont repris. Il est sept heures du soir, l'heure des tables rondes, et quelques hommes politiques s'assènent des vérités de mauvaise foi devant sept fauteuils, et cinq téléspectateurs morts. Image dérisoire de la relativité des choses.

Avec précaution, en se servant de son mouchoir, un inspecteur fait taire les bavards. Les empreintes digitales sur le bouton du poste sont peut-être intéressantes, si elles n'appartiennent pas aux victimes. Ce faisant, il constate que le téléviseur est très chaud, ce qui indique qu'il a dû marcher très longtemps sans interruption. Le médecin légiste confirme d'ailleurs que la mort remonte à vingt-quatre heures, à première vue.

Cela dit, au bout de plusieurs heures d'investigations minutieuses, les enquêteurs sont perplexes. C'est le mystère de la chambre jaune. Si quelqu'un était entré ou sorti, les chiens auraient aboyé, ce sont de vrais fauves. Or, le gardien, qui habite à l'entrée du parc, n'a rien entendu.

De même, le signal d'alarme qui indiquerait que l'on force une porte n'a pas fonctionné, d'ailleurs aucune porte n'a été forcée. C'est un crime en vase clos.

Comme rien n'a été volé, il reste l'hypothèse d'un fou. Mais un fou n'aurait pas exécuté cinq personnes. Il les aurait massacrées, les victimes auraient crié, et se seraient débattues.

C'est un tueur alors, un professionnel. Chaque balle, dans chaque nuque, a été tirée avec précision, à bout portant. Mais comment un tueur peut-il exécuter cinq personnes, sans que les autres s'en aperçoivent ? Or les victimes ne se sont aperçues de rien, car elles n'ont pas bougé.

Le médecin légiste affirme que les corps n'ont pas été déplacés. Ils sont morts dans leur fauteuil respectif, devant la télévision.

Alors il y avait cinq tueurs ? Un pour chaque victime ? Non plus. Mais sûrement deux, munis de la même arme, avec deux types de balles différentes : deux calibres automatiques probablement dotés de silencieux. C'est la seule explication. Un ou deux tueurs armés de silencieux, d'un calme exceptionnel, et d'une habileté hors du commun. Mais des tueurs qui connaissaient forcément leurs victimes, et la maison, puisque les chiens n'ont rien dit, et que de toute évidence on leur a ouvert la porte sans méfiance.

Restent les deux fauteuils vides, rangés eux aussi devant la télévision. Le gardien a une explication simple : la famille était au complet. Les beaux-parents, les parents et le fils : cinq personnes, c'est normal dit-il.

« D'accord, dit l'inspecteur, mais pourquoi y a-t-il sept fauteuils ?

— Il y a toujours eu sept fauteuils !

— D'accord, mais pourquoi sont-ils tous en rond devant la télévision. Les vides, comme les autres ? »

Le gardien ne sait pas. La femme de ménage et la cuisinière qui habitent les faubourgs de Milan ne savent pas. Elles ont découvert le crime et alerté la police immédiatement, elles n'ont touché à rien, elles sont arrivées ensemble comme d'habitude.

« Y a-t-il encore de la famille ? demande le policier aux domestiques.

— Oui, une fille, Dorotta. L'aînée. Elle a dix-sept ans, et ne vit plus chez ses parents depuis presque un an.

— Pourquoi ? »

Pourquoi ? Aucun domestique ne le sait. Où elle vit, non plus. Si elle travaille, pas davantage. Ce qui est sûr, c'est que Dorotta n'est venue voir ses parents que deux ou trois fois en un an. C'est donc que les relations n'étaient pas des meilleures.

Pensivement, l'inspecteur regarde les deux fauteuils vides. Ils le tracassent. Il s'assoit dans le fauteuil, près du petit Matteo, treize ans, le frère

66

de Dorotta. En appuyant sa tête sur le velours rouge, il lui semble qu'un léger parfum lui chatouille les narines. C'est très fugitif, difficilement décelable. Comme si la tête qui s'est peut-être appuyée là, avant lui, était celle d'une femme discrètement parfumée. Par contre, sur le septième fauteuil, aucun parfum.

Une fois, deux fois, trois fois, l'inspecteur se lève, va respirer l'air du dehors, puis revient s'asseoir dans le sixième fauteuil, et renifle. Indiscutablement, le parfum est là, à peine imprégné dans le velours rouge, mystérieux. Odeur de poudre ? De maquillage ? De laque pour les cheveux ? D'eau de toilette ? Parfum de femme en tout cas, délicat et subtil.

Sous le nez ébahi des hommes qui s'affairent autour des cadavres, l'inspecteur s'en va renifler ceux des deux femmes, la mère et la belle-mère. Il ne sent rien que l'odeur caractéristique de la poudre des balles, et de la mort. Mais le médecin légiste hausse les épaules devant sa supposition.

« L'une de ces femmes a pu s'asseoir dans votre sixième fauteuil, puis se rasseoir dans un autre. Votre parfum est si subtil qu'il a pu disparaître sur un corps froid. D'ailleurs, l'odeur de la poudre et du sang est bien plus puissante.

— D'accord, c'est peut-être ça. Mais c'est peut-être aussi le parfum d'une autre femme. Celui de la fille par exemple. Seul, quelqu'un comme elle, un familier, a pu franchir les portes, sans éveiller l'attention. Les chiens la connaissent sûrement, et elle a peut-être les clefs. Alors, je veux rencontrer cette fille. »

Voilà la seule hypothèse de l'inspecteur, basée sur de bien légers indices. Quoi de plus léger en effet qu'un parfum de femme posé sur un fauteuil de velours ? Quant à imaginer une jeune fille de dix-sept ans en tueur professionnel, exécutant les cinq membres de sa famille, l'inspecteur va peut-être un peu loin. Mais Dorotta, la fille aînée de la famille G., assassinée presque au complet, en mars 1975, près de Milan, est introuvable.

Les amis, les relations, les employés, personne ne sait où elle a décidé de vivre. Et sa dernière visite remonte à plusieurs mois. Cette disparition intrigue de plus en plus les policiers. Sur les nombreuses photos découvertes dans la villa, elle apparaît comme une jeune fille classique de la bourgeoisie italienne. Pas très jolie, mais dotée d'un charme certain. On la voit à cheval, jouant au tennis, en maillot de bain, et en robe du soir, sur les photos les plus récentes, celles de ses dix-sept ans. Pas malheureuse en somme, cette jeune fille, plutôt gâtée en quelque sorte, et rien d'une contestataire en pantalon, qui aurait renié l'aisance et la vie bourgeoise pour d'autres horizons.

Alors l'inspecteur s'adresse à Interpol. Sans résultat immédiat. Il fait diffuser la photo de Dorotta en Suisse et en France. Sans résultat non plus. Et finalement, c'est tout bêtement qu'il retrouve la jeune fille. Tellement bêtement qu'il en a honte : par son coiffeur. La femme de ménage s'est souvenue du nom du coiffeur à Milan, et elle a suggéré à l'inspecteur :

« Vous savez, Dorotta est coquette, elle n'a sûrement pas changé de coiffeur, elle y tient beaucoup. Si vous alliez voir... On ne sait jamais. »

Et parce qu' « on ne sait jamais », l'inspecteur est entré dans un salon luxueux, où des dames extrêmement snobs lui ont confirmé que Mlle Dorotta venait une fois par semaine, le jeudi à dix-sept heures, se faire friser par Clelio, le jeune homme en blouse blanche, et aux lèvres roses. Comme on était mardi, l'inspecteur a expliqué d'un air gêné, qu'il avait un message important à lui transmettre et qu'il reviendrait jeudi, mais surtout qu'on ne la prévienne pas, si par hasard elle téléphonait :

« Vous comprenez, c'est une triste nouvelle, et je veux pouvoir la lui annoncer avec précaution. Je suis un ami de la famille. »

Puis l'inspecteur s'en est allé, laissant un homme en faction dans le bar voisin, par précaution.

Le jeudi à seize heures trente, il se poste devant le salon de coiffure. Dorotta saute d'une petite voiture à l'accélération rageuse, conduite par un jeune homme de son âge. Le jeune homme a l'air d'une petite brute plutôt vulgaire, mais il est beau. Il parle un moment avec Dorotta, puis démarre, la laissant seule devant le salon de coiffure. Elle n'a pas franchi la porte qu'une main se pose sur son bras.

« Mademoiselle ? Inspecteur Zurelli, brigade criminelle... J'ai à vous parler. »

Dorotta a le port de tête hautain, elle fait plus vieille que son âge, et sa voix est ferme :

« Brigade criminelle ? C'est une plaisanterie ou quoi ? »

L'inspecteur montre sa carte, et insiste :

« Je dois vous parler, voulez-vous me suivre à mon bureau, s'il vous plaît ?

— Vous ne voyez pas que je vais chez le coiffeur ? J'ai un rendez-vous, figurez-vous.

— Quand avez-vous vu vos parents pour la dernière fois ?

— Qu'est-ce que ça peut vous faire ?

— Je suis désolé que vous le preniez sur ce ton, mais j'ai l'impression que vous ne lisez pas les journaux, ou que vous n'êtes pas au courant de ce qui est arrivé à vos parents...

— Je me moque de ce qui a pu leur arriver!

— Ah? J'ai peur que ce ne soit difficile, mademoiselle, d'autant plus que vous êtes mineure, et que vu la situation, la nécessité d'un conseil de tutelle va se faire sentir. Pardonnez-moi de vous l'annoncer ainsi, mais votre attitude m'y oblige. Il y a eu un crime chez vous, enfin, chez vos parents, ils sont morts. Tous, votre grand-père, votre grand-mère et votre frère aussi. »

Le visage de Dorotta jusque-là agacé et dédaigneux, a légèrement pâli. Très légèrement. Il semble qu'elle cherche quoi répondre. Rien d'autre. C'est extraordinaire! Une jeune fille de son âge, bien que libre et apparemment indépendante, devrait s'effondrer devant une pareille nouvelle. Mais est-ce une nouvelle?

Dorotta ne s'effondre pas, elle cherche quoi répondre, et elle trouve. Mais ce n'est qu'une réplique, dite par une mauvaise comédienne.

« C'est épouvantable ce que vous me dites là... Vous êtes sûr qu'il s'agit de ma famille? Je n'arrive pas à imaginer une chose pareille! »

Alors, l'inspecteur y va carrément.

« Suivez-moi, mademoiselle. La police vous recherche depuis trois semaines, pour vous interroger.

— Tout de suite? Comme ça? Ça ne peut pas attendre?

— Si cela devait attendre, j'obtiendrais un mandat d'arrêt dans les minutes qui suivent. »

Cette fois, Dorotta renonce à sa séance chez le coiffeur et à son air hautain. Au bout d'un entretien de deux heures, l'inspecteur Zurelli a appris plusieurs choses. Premièrement, Dorotta est partie de chez elle, car son « fiancé » ne plaisait pas à sa famille. Deuxièmement, bien que mineure, elle affirme que ses parents l'ont laissée vivre à sa guise, et qu'elle ne manquait pas d'argent. Troisièmement, elle dit ignorer totalement le mobile de ce crime. Quatrièmement, elle n'est pas venue à la villa depuis longtemps, et n'avait pas l'intention d'y remettre les pieds. Cinquièmement, elle n'est absolument pas accablée par la perte des cinq membres de sa famille et parle du crime avec détachement. Sixièmement, elle ment, c'est visible.

Ce dernier point n'engage que l'opinion de l'inspecteur. Il ne sait pas pourquoi elle ment, ni dans quel but, mais il le sent. Comme il a senti immédiatement que c'était elle qui tenait la clef de l'énigme. Comme il a senti le léger parfum qui l'environne : le même que celui du fauteuil de velours rouge. Le sixième vide devant la télévision, au parfum de femme délicat et subtil. Mais comment accuser, et de quoi ? Une gamine de dix-sept ans ne peut pas avoir exécuté toute sa famille, c'est inconcevable, et pour quel mobile ?

L'inspecteur choisit la garde à vue, malgré les protestations de Dorotta, et envoie chercher le « fiancé » à l'adresse qu'elle indique.

Enio, dix-neuf ans, est bien la petite brute qui conduisait la voiture, et il est arrogant, et stupide. Il parle des parents de la jeune fille, comme d'un ensemble de pions gênants sur son échiquier... Que voulait-il, lui ? L'argent ? Non, il en a aussi, sa famille est aisée. Dorotta ? Il l'avait. Alors pourquoi serait-il un assassin ?

Durant toute la nuit, dans deux bureaux séparés, l'inspecteur passe sans relâche de l'un à l'autre. « Pourquoi ci, comment cela »..., il les abrutit de questions croisées, selon une bonne vieille méthode qui a fait ses preuves, et selon la même méthode, il envoie perquisitionner à leur domicile. Dorotta a chez elle les clefs de la villa. Et les hommes de l'inspecteur ramènent aussi un flacon de parfum sur sa demande.

Alors, vers les cinq heures du matin, devant une tasse de café qu'il n'offre pas, un sandwich qu'il garde pour lui, et des cigarettes qu'il ne tend pas, l'inspecteur risque sa dernière cartouche :

« Je sais que vous étiez là le soir du crime. Je le sais depuis le début. Je sais que vous vous êtes assise dans un fauteuil, le sixième fauteuil, et votre fiancé occupait le septième. Votre parfum est resté dans la pièce, il a imprégné le velours du fauteuil, le même que celui que vous portez aujourd'hui, le même qui est dans ce flacon trouvé chez vous. Si votre dernière visite remontait à plusieurs mois, ce serait impossible. »

Là aussi, Dorotta a cherché quoi répondre. Et puis elle n'a pas dû trouver. Bien que la preuve avancée par l'inspecteur ne soit pas suffisante (elle n'aurait pas tenue devant un tribunal), Dorotta a craqué enfin :

« J'étais là, avec Enio, mais ce n'est pas moi qui ai tué! Qu'est-ce que vous croyez, il y a des gens pour ça! »

Alors l'Italie va apprendre le pire : Dorotta a engagé deux tueurs professionnels. Son fiancé Enio, dix-neuf ans, et son amant Guido, vingt et un ans. Un fiancé et un amant à dix-sept ans, ce n'est pas encore le pire.

Ils sont arrivés à la villa, elle a ouvert la grille, les chiens lui ont dit bonjour, et elle est entrée dans le salon comme chez elle, avec Enio son fiancé et Guido son amant. Les deux fiancés, Dorotta et Enio, se sont assis dans les fauteuils, le six et le sept, car la famille au complet regardait la télévision. Ils ont assisté ainsi à la fin du programme, en échangeant quelques mots. Guido, l'amant, était sur le canapé, seul.

Puis, lorsque le film de la soirée a commencé, Dorotta a fait un signe. Enio s'est levé, Guido aussi, ils ont fait semblant de partir, mais sont restés dans le vestibule. Dorotta s'est mise à parler avec son frère pour attirer son attention.

Pendant ce temps, comme deux bêtes silencieuses, chacun des garçons a exécuté sa première, puis sa deuxième victime. Le fauteuil n° 1 à Enio, le 4 à Guido, le 2 à Enio, le 3 à Guido. Et en dernier le petit frère à qui Dorotta avait dit :

« Bouche-toi les oreilles, ferme les yeux et ne bouge pas, je vais te faire une surprise. »

Car malgré tout, un silencieux, ça fait du bruit. Ensuite, ils sont partis comme ils étaient venus.

« Pourquoi a demandé l'inspecteur, mais pourquoi, bon Dieu ?

— Parce que ma mère m'a giflée en public, quand j'ai voulu partir de la maison. »

Et c'est la seule réponse que l'inspecteur, le juge d'instruction, l'avocat et l'Italie tout entière, aient obtenue pour ce crime de sang-froid, épouvantable, incroyable et désespérant.

Père, mère, frère, grands-parents, elle avait tout supprimé, pour une gifle.

Un parfum de femme, disait l'inspecteur, délicat et subtil, selon lui. Dorotta, c'est le moins que l'on puisse dire, avait mal choisi son parfum.

L'AVION FANTÔME

M. Naj, l'un des passagers du vol Paris-Dakar, n'est pas à l'aise. Depuis plus d'une heure l'avion ronronne tranquillement dans le ciel sans nuages, la pancarte *Défense de fumer* est restée allumée, et l'hôtesse n'a pas bougé de son siège depuis le décollage. M. Naj n'aime pas ça. D'ailleurs il n'aime pas l'avion. Il va se lever, entrer dans la cabine d'équipage et en avoir le cœur net !

Les passagers lisent, dorment, ou discutent sans s'inquiéter de rien. M. Naj constate avec effroi l'incroyable situation, et la peur, la vraie peur, l'étrangle immédiatement. Dans la cabine, le radio et le copilote se sont effondrés sur leur fauteuil, bras ballants. Le commandant a également la tête renversée sur son siège et gît inanimé. M. Naj voit défiler des lambeaux de nuages dans le ciel bleu.

L'avion vole tout seul. L'équipage est mort, tout le monde est mort. M. Naj ne peut pas garder son sang-froid, il se précipite à l'arrière, mais il n'arrive pas à crier. Apparemment, les passagers semblent ne se douter de rien. Heureusement, car la panique se déclencherait immédiatement.

M. Naj tente de réveiller l'hôtesse. Peut-être vat-elle pouvoir le rassurer, mais elle ne bouge pas. Morte, elle aussi.

Alors, parmi les passagers, un homme se lève. Un homme qui a lu le drame sur le visage décomposé de M. Naj. C'est un officier parachutiste. Il l'exhorte à garder son calme.

« Calmez-vous, surtout pas de panique, montrez-moi ce que vous avez vu. »

Sans plus d'explication, les deux hommes pénètrent dans le poste d'équipage. En quelques secondes, l'officier s'est rendu compte de la situation. Les membres de l'équipage ne sont pas morts, ils dorment à poings fermés. Inutile de les secouer, on les a drogués, anesthésiés complètement, et pour longtemps.

Un coup d'œil sur le tableau de bord renseigne l'officier. Il n'a jamais piloté, mais il connaît les instruments de bord des avions pour avoir sauté d'une bonne dizaine d'entre eux, dans tous les coins du monde. L'avion est en pilotage automatique à neuf mille pieds, le carburant est à bon niveau, rien n'indique un danger immédiat.

L'officier consulte la liste des passagers. Des gens inoffensifs, apparemment pas le moindre bandit dangereux. Personne d'ailleurs n'est entré ici depuis le décollage. Il en est sûr. Donc, l'équipage a été drogué à terre, et l'effet de la drogue a été calculé pour agir après le décollage. Heureusement, avant de sombrer dans le coma, le commandant a eu le réflexe de mettre l'appareil sur pilotage automatique.

Dans les années 1950, les pirates de l'air sont rares, et l'officier para n'y pense même pas. D'ailleurs, il y a autre chose à faire que de chercher le pourquoi des choses.

Le plus urgent est de tenter de réveiller un des pilotes. En faisant un rapide calcul, l'officier estime l'arrivée à Dakar dans un peu plus de deux heures.

Soudain, les nerfs de M. Naj craquent. Il se glisse derrière l'officier et court dans la cabine des passagers, en proie à une terreur folle. Or il faut à tout prix éviter l'affolement. M. Naj se voit donc administrer par l'officier parachutiste une bonne paire de claques, assortie d'une menace sans équivoque.

« Restez tranquille, ou je vous assomme. Je m'appelle William Euvens, je suis officier parachutiste. Je m'occupe de tout. Il n'y a pas de danger, aucun danger, vous m'entendez ? L'équipage dort, tout simplement. Alors on va les réveiller. »

M. Naj bégaie un peu, puis prend le parti de se tenir dans un coin en couvant sa peur tout seul. L'officier l'a convenablement impressionné.

En un discours calme et autoritaire, Euvens s'adresse aux passagers. Rares sont les hommes capables de trouver les mots dans ces moments-là. M. Euvens les trouve, ou à peu près. Il leur explique que l'équipage est drogué, mais qu'il n'y a rien à craindre pour le moment. Cependant, il a besoin d'aide.

« Si quelqu'un a des notions de radio, qu'il vienne avec moi ! »

Un jeune homme timide lève la main. Il est anglais, ingénieur électronicien. Euvens lui demande de le suivre. Un instant, les deux hommes se regardent, comprenant la gravité de la situation, puis ils disparaissent dans la cabine de pilotage, laissant les passagers seuls, agrippés à leur siège.

Toutes les cinq minutes environ, Euvens ouvre la porte et affirme que le pilote va beaucoup mieux et qu'il est presque en état de reprendre les commandes.

« Tout va bien », dit-il.

En réalité, tout va mal. Euvens et le jeune ingénieur n'ont pas réussi à réveiller l'équipage. Ils ont dû extirper le copilote et le mécanicien du cockpit, pour les allonger sur le sol de la cabine. La pharmacie de bord ne contient aucun produit susceptible de contrarier l'effet de la drogue, et les tasses de café noir ne servent à rien. Impossible même de leur en faire ingurgiter.

Cependant, au bout de quelques minutes, le commandant, qui semblait le moins atteint, balbutie des mots sans suite. Mais il demeure incapable de bouger et ne retrouve pas sa lucidité.

Il doit rester environ deux heures avant l'arrivée à Dakar. C'est une supposition, car personne n'est capable de dire si le cap suivi par l'avion est bien le bon. Alors, si rien ne se passe, l'appareil ira tout droit, toujours tout droit, jusqu'au bout du carburant, avant de piquer, toujours tout droit, dans l'océan...

Mais le jeune ingénieur vient de pousser un cri de joie, il a Casablanca, par radio, et Casa lui demande l'immatriculation de l'appareil et sa position.

Le malheureux s'évertue un moment à expliquer qu'il n'en sait rien, et puis il raconte leur incroyable situation. Il y a un silence rempli de grésillements à l'autre bout puis la voix lointaine de Casa lui demande de parler sans interruption, c'est le seul moyen de repérer leur fréquence et par là leur position.

L'ingénieur dit n'importe quoi pendant deux minutes environ, puis la voix de Casa, de plus en plus lointaine, assure qu'ils sont repérés, qu'ils font cap au sud-sud-ouest, qu'ils survoleront Dakar dans une heure trente. La communication se brouille. Mais qui va les aider à atterrir ? Qui ?

Dans son coin, M. Naj pique une crise de nerfs. Il se précipite tout à coup vers la porte en criant :

« L'avion tombe, l'avion tombe. »

Euvens a juste le temps de le rattraper, et, après une courte lutte, il est obligé de l'assommer carrément. Il ne faut pas de panique, c'est l'essentiel.

Euvens fait le point dans sa tête à toute allure. L'arrivée à Dakar est prévue dans une heure trente, mais il n'y a toujours pas de pilote, alors, il faut absolument en réveiller un, même à moitié, même au quart, même s'il est abruti, il pourra donner au moins quelques indications.

Le commandant marmonne toujours n'importe quoi. Mais il marmonne, c'est le seul espoir. Une heure de bataille pour essayer de réveiller le malheureux, le bourrer de café, de force, et de vitamine C, l'asperger d'eau glacée, le gifler, lui pincer le nez, les oreilles, le frictionner à l'alcool. Il faut qu'il parle, il le faut.

Le jeune ingénieur tremblant est en contact avec Dakar. Plus qu'une demi-heure. Il va falloir débrancher le pilote automatique. Le commandant s'est vaguement réveillé. Il fait des gestes imprécis, indique un cadran, un bouton, tente de se redresser, puis retombe sur le siège où on l'a réinstallé. Euvens s'est assis à la place du copilote, juste à côté de lui. Il l'exhorte à parler avec la tour de contrôle.

« Allez-y, parlez... On tombe, mon vieux ! demandez ce qu'il faut faire... »

C'est infernal, vingt minutes de descente infernale, entre les ordres de la tour et les maladresses du commandant sans force qui menace de s'évanouir à chaque instant. Le voilà maintenant qui tente de reprendre les doubles commandes de son côté, car la peur d'Euvens l'a gagné, mais il n'y arrive pas, ses mains glissent, il ne peut que diriger d'une voix brumeuse, et Euvens obéit à l'aveuglette.

L'officier a du mal à garder stable la trajectoire de l'avion. L'altitude baisse rapidement. Puis ils entendent la voix de la tour de contrôle de Dakar :

« Vous descendez trop vite, redressez, voilà... Sortez le train et les volets ! »

Euvens s'exécute, guidé par le commandant. Un déclic le rassure : train déverrouillé. A présent, il peut apercevoir la piste droit devant lui. De nouveau ils entendent Dakar :

« Conservez doucement, vous êtes dans l'alignement, réduisez votre vitesse. »

Aussitôt, l'officier tire sur la manette des gaz, et l'avion ralentit brutalement. Le reste se passe dans un brouillard.

Euvens a atterri dans un état second, il a fermé les yeux très fort en sentant les roues heurter brutalement la piste. Il s'est vu exploser et puis... plus rien.

Le commandant a avoué plus tard qu'il n'avait même pas dirigé les doubles commandes, il en était incapable. Ses bras étaient mous.

Mais pourquoi avait-on drogué l'équipage ? Pour tuer ? Oui, bien sûr, mais surtout pour que l'avion disparaisse avec ses passagers sans laisser de trace. Car, parmi ces passagers, il devait se trouver un important personnage politique indonésien dont le nom n'a pas été révélé. Seulement voilà, il n'y était pas...

Il avait raté l'avion !

L'AMÉRICAIN

LE jour le plus long a jeté sur les côtes de Normandie une armée de jeunes vainqueurs. Les Américains sont là, enfin là, et la joie éclate autour d'eux. Ils défilent dans les villages, salués par les larmes des vieux, portés aux nues par le sourire des femmes. Embrassée, cajolée, l'armée des troupes du débarquement fait l'apprentissage de la gloire.

Joe a échappé au massacre des plages et à l'enfer de la première vague. A présent il a les deux pieds sur la terre de France, il croit que tout est fini, mais l'aventure ne fait que commencer. Joe va se déclarer la guerre, tout seul, une drôle de guerre, celle-là.

Les gros camions américains foncent vers le front de Belgique. Toutes les cloches des églises de Normandie les accompagnent, et les petits Français grimpent aux poteaux électriques et sur les arbres, pour saluer « les libérateurs ».

Les héros de 1944 défilent, jetant à poignées, cigarettes et chocolat, se tordant le cou pour embrasser les jeunes filles, ivres de victoires et de conquêtes, glorieux, beaux, fascinants. Du haut de son camion, un nommé Joe regarde tous ces visages heureux et ne craint pas de jeter quelques coups d'œil assassins à la piétaille féminine. C'est fantastique pour un jeune homme comme lui de se sentir adulé à ce point. Jamais de toute sa vie, il n'a embrassé tant de jeunes femmes, françaises qui plus est, et dont la réputation de charme a depuis longtemps franchi l'Atlantique. Joe fait donc du charme à son tour, il a le temps car un embouteillage monstre vient de bloquer la longue file de camions, et l'on discute entre libérateurs et libérés. On discute comme on peut, avec les deux mots de français et les trois mots d'américain que chacun a retenus. Une main tendue, celle de Joe, vient de heurter une autre main tendue, celle de Jeanne. Un éclat de rire, celui de Jeanne, répond aussitôt au regard de Joe. Elle ne veut pas de la cigarette, elle n'aime pas cela, et elle rit de toutes ses dents en repoussant le paquet tendu. Alors Joe fouille ses poches :

« Chocolat ? chewing-gum ? »

A ces mots, une armée de gamins l'assaille, et il perd de vue le joli sourire. Désespéré, Joe lâche tous ses cadeaux et la ration d'une semaine de campagne disparaît dans la foule, les gamins se bousculent à quatre pattes, les vieux reculent, et il retrouve le sourire de Jeanne. Elle le regarde, sans insolence, sans provocation véritable, elle le regarde avec intensité, en silence. Des yeux noirs, une tignasse d'un roux flamboyant, un teint de lait, des épaules rondes, elle a vingt ans à peine, et elle est belle.

Il dit :

« Miss ? » d'un ton interrogateur, et elle rit encore. Il répète :

« Miss ? »

Que veut-il ? Son prénom sûrement, elle a compris.

« Jeanne », dit-elle, en sautant sur le marchepied du camion.

D'un petit doigt effronté, elle tape sur l'uniforme.

« Et toi ? »

Heureux jusqu'aux oreilles, Joe claironne son
nom comme une victoire de plus. Il a vingt-cinq
ans, et représente le type de l'Américain moyen
selon les rêves des jeunes filles. 1,85 m, du mus-
cle, les cheveux courts, et l'air d'un gosse poussé
trop vite, avec de belles dents blanches. Dans la
cacophonie provoquée par l'embouteillage, ils
n'en finissent pas de se regarder, car ils n'ont
plus rien à se dire.

Puis le camion s'ébranle. Chargé de matériel, il
doit se rendre dans un camp établi à plusieurs
kilomètres du petit village. Joe s'en va et Jeanne
n'arrive pas à descendre du marchepied. Il lui
tient la main, il cherche quoi dire, quoi faire. Il
cherche ce qu'il veut de ces deux yeux-là, de cette
petite main-là, il jure dans sa langue maternelle,
d'impuissance et de rage. Abandonner ce bon-
heur-là ? Impossible. Puis l'idée lui vient. L'idée
de génie : il désigne l'église à Jeanne, puis sa montre, il montre le chiffre neuf. Jeanne rit de plus
belle, elle a compris ! Rendez-vous à l'église à neuf
heures ce soir. A son tour, elle montre l'église, et
fait le chiffre neuf de ses doigts écartés. Alors, il
la lâche, la reperd dans la foule, et gesticule sur
son camion en hurlant le rendez-vous à la canton-
nade avant de disparaître avec son défilé triomphal.

Le village est vide de nouveau et Jeanne rentre
chez elle, un peu bizarre, le cœur un peu battant,
la tête un peu ivre.

Combien de scènes de ce genre en 1944 ont
réuni pour quelques secondes une jeune fille fran-

çaise et un jeune Américain auréolé du prestige de la victoire ? Rencontres sans lendemain.

Mais le soir à neuf heures devant l'église dont il ne reste pas grand-chose d'ailleurs, Jeanne la Française et Joe l'Américain se retrouvent, dans l'ombre complice des éboulis et des vieilles pierres. Et M. le curé n'est pas là pour bénir leur union. Le lendemain, la colonne de Joe s'éloigne du village et de ses environs.

Le surlendemain, on voit revenir Joe au volant d'un camion de matériel. Puis il repart triomphant du village. Il a trouvé la combine qui lui permet de faire la navette entre son camp et sa belle ; le coup de foudre s'est installé.

Evidemment, le camion de matériel de Joe met un peu plus de temps que les autres à parvenir à bon port. L'efficacité des troupes américaines en Europe s'en trouve peut-être quelque peu altérée, mais quoi ! une heure de plus ou de moins sur la victoire totale, en voilà une affaire ! Et si Joe préfère l'amour à la guerre, on ne peut pas vraiment lui en vouloir. Un soir pourtant, c'est la débâcle. L'horreur, le déshonneur total.

Joe parcourt le village en tous sens, affolé. Son camion a disparu, chargé de matériel qui représente une petite fortune. Un petit malin ayant surveillé les allées et venues de Joe et surtout le traditionnel temps d'arrêt devant l'église, a profité de l'occasion. Pour Joe c'est grave. Se faire voler son camion en temps de guerre, et dans les circonstances que l'on sait, c'est le conseil de guerre. Il ne reverra plus Jeanne, et va payer cher son coup de foudre français.

Tout le village en émoi le prend en pitié, mais la pitié ne saurait le tirer d'affaire. De plus, c'est le moment choisi par Jeanne pour annoncer, la tête basse, qu'elle attend un petit Américain de plus en Normandie. Une recrue que les états-majors n'avaient pas prévue dans la logistique du débarquement. Alors Joe s'effondre. Plus de camion égale conseil de guerre. Un enfant égale des responsabilités. Responsabilités qu'il n'est pas question d'assumer au fond d'une cellule.

C'est ce soir-là que Joe choisit de disparaître.

Joe n'existe plus. Plus de Joe. Plus d'Américain. Plus de rendez-vous illicites derrière les ruines de l'église. Envolé le Roméo. Juliette reste seule.

Et les semaines passent, puis les mois. Juliette a mis au monde un petit Américain moyen et gagne sa vie. Curieusement, le village la soutient. Tout le monde la comprend. Chacun fait ce qu'il peut en ces périodes de restrictions pour que l'enfant ne souffre pas du maigre salaire de la mère. Et lorsque les M.P. s'en viennent demander des nouvelles du déserteur, ils ne rencontrent qu'étonnement et surprise :

« Un Américain ici ? Il en est passé tellement ! Comment dites-vous ? Joe ? Inconnu ! Pas chez nous, en tout cas, jamais vu cette tête-là ! »

1946 : Jeanne courageusement élève son petit.

1948 : Jeanne met au monde un autre enfant, une fille.

« Ah ! ah ! marmonnent les gendarmes soupçonneux, vous n'auriez pas revu l'Américain des fois ? »

Mais Jeanne s'indigne. On n'a pas le droit selon elle de se rire d'une fille mère qui a bien du mal à joindre les deux bouts, et le père de ses enfants ne regarde qu'elle !

1950 : Jeanne met au monde un autre garçon, et le village ne critique pas. Les cinquante-six habitants qui tous se connaissent, jusqu'au moindre cousin, « ignorent » totalement qui est le père de ce troisième galopin.

D'ailleurs, le père et la mère de Jeanne ne le savent pas plus. Ils ont trois petits-enfants c'est tout ce qu'ils savent. Et personne ne s'avise de leur poser des questions indiscrètes. Régulièrement, les gendarmes font une enquête. Régulièrement, la police militaire américaine vient poser des questions. C'est que les trois petits vous ont un petit air yankee qui normalement ne devrait tromper personne.

Ils vont bientôt à l'école du village, car les années s'écoulent, et 1960 est déjà là. Quinze ans déjà. Il y a quinze ans, le camion triomphal de Joe traversait le village, et Jeanne cheveux au vent sautait sur le marchepied.

C'est loin tout ça. Et les enfants sont grands. Ils regardent ces policiers-là, venus les interroger, d'un regard bleu innocent.

« Où est ton père, Jimmy ?

— Je ne sais pas, monsieur.

— Où est ton père, Grace ?

— Sais pas, monsieur.

— Fred, où est ton papa ?

— J'en sais rien du tout, monsieur !... »

Le policier venu tout droit de Washington se gratte la tête. Il est venu sur la foi des rapports de gendarmerie de l'époque. Et le capitaine de gendarmerie qui l'accompagne le plaint beaucoup.

« Vous savez, on dit tellement de choses, personnellement nous n'avons jamais été sûrs, en tant que gendarmes et habitants du pays, qu'il y avait ici un déserteur américain...

— Mais ces enfants ? demande le policier. Ces enfants-là, ceux-là, vous n'allez pas me dire qu'ils ont le type normand ?

— Possible, monsieur le policier, mais leur père est inconnu, et ils ont le droit d'avoir le type qu'ils veulent, même s'il n'est pas normand. Per-

85

sonnellement, nous en tant que gendarmes ça ne nous regarde pas, le type des enfants de père inconnu. »

Le boucher ne sait rien, le boulanger non plus, le curé n'est pas au courant, il a juste baptisé les gosses, le maire ne se mêle pas de la vie privée de ses administrés et les commères du village, pour une fois, font bouche close.

Le policier américain, envoyé spécial de Washington, demande alors un mandat de perquisition au domicile de Jeanne. Et il perquisitionne, de fond en comble. Cela dure une journée, à l'issue de laquelle, découragé et sûr de s'être fait « avoir » comme au coin d'un bois, il s'assied au pied de l'escalier. Le petit Fred, neuf ans, le regarde alors avec commisération.

« Tu l'as pas trouvé hein ? Ça m'étonne pas. Mon papa c'est un malin, il a toujours dit que là où il était personne irait jamais le chercher. »

D'un bond le policier s'est redressé.

« Il est là ? Dans la maison ? Où ? »

Mais le gosse a pris l'air malin pour répondre :

« Ah ! ben ça dame ! Si je te le dis c'est pas de jeu ! Mais tu brûles ! »

Joe Fairbanks vivait depuis dix-neuf ans, dissimulé sous l'escalier, dans un réduit de 1,90 m sur 60 cm. Il y entrait à chaque alerte. Il en sortait immédiatement après. Tout le monde le savait, sauf les gendarmes « officiellement ».

Ramené aux Etats-Unis *manu militari*, il a fallu la grâce du président et la pétition de tout un village français, pour lui permettre de rentrer chez lui, en Normandie, et de s'y marier enfin.

A la guerre comme à la guerre.

LA NUIT DES ESPIONS

Dans l'aéroport d'un pays voisin, à l'heure où les douaniers rêvent, le téléphone sonne.

Une voix demande à parler en priorité au chef de la douane. Bien qu'étouffée, cette voix n'en est pas moins officielle. Du moins, elle en a toutes les apparences, et en donne toutes les garanties : ministère de ceci, secrétariat de cela, ordre du commandant untel !

« L'avion en provenance de Zurich, vol 1027, doit atterrir chez vous à 1 h 04... exact ?

— Exact monsieur.

— Vous avez la liste des passagers ?

— Oui monsieur.

— Vous devez avoir Mme B., la femme de l'attaché militaire au cabinet du ministre, en transit pour la Suède. Ordre de fouille intégrale. Mme B. est soupçonnée de passer des documents qui intéressent la Défense nationale. Soyez discrets, mais efficaces. Le ministère compte sur vous. Vous me ferez un rapport personnel.

— Bien, monsieur. »

Le chef de la douane a rectifié la position et raccroché le téléphone comme à la parade.

Et tandis que le vol 1027 en provenance de Zurich, se pose nuitamment dans le vacarme des réacteurs, l'élite de la douane locale s'apprête à faire passer à Mme B. sa nuit la plus longue.

Mme B. est une dame fort respectable. Dans tous les sens du terme. Il faut dire même qu'elle est respectable et imposante. Et on la soupçonne d'espionnage ?

Evidemment, les espions sont comme tout le monde. Il y en a des grands et des petits, sûrement des gros et des maigres, et en l'occurrence l'habit ne fait pas le moine.

Donc Mme B. peut être une espionne. Le chef de la douane qui la regarde descendre la passerelle (de loin et avec ses jumelles) est tout de même surpris par « l'envergure » de cette Mata-Hari supposée.

La cinquantaine frissonnante et fort distinguée, le manteau de fourrure, le petit chien sous le bras, le vanity-case de l'autre, Mme B. pénètre dans la salle d'attente, réservée aux passagers en transit.

Et le grand jeu se déclenche autour d'elle, sans qu'elle s'en doute le moins du monde. Au bout de quelques minutes d'attente, une hôtesse charmante vient lui glisser à l'oreille :

« Excusez-moi madame. Votre avion ne pourra pas repartir avant plusieurs heures... un simple problème technique. Voulez-vous me remettre vos tickets de bagages, nous allons les faire décharger. La compagnie va faire son possible pour vous mettre sur un autre vol le plus rapidement possible, et en priorité, les vols sont surchargés. »

Mme B. semble à la fois contrariée et flattée. Contrariée par ce retard, et flattée que l'on prenne soin d'elle en priorité, alors que les autres passagers vont se morfondre jusqu'à la fin du problème technique en question.

Cette priorité ne l'étonne guère, vu sa position, et surtout son assiduité sur la ligne. Ses enfants habitent la Suède, elle s'y rend régulièrement, et le personnel de l'aéroport la connaît.

Elle ne fait donc aucune difficulté pour remettre ses tickets de bagages, et se laisse conduire dans un salon particulier. Un stewart lui propose une tasse de thé, tandis que les douaniers, telle une nuée de sauterelles, sautent sur ses bagages pour les examiner en premier...

Rien. Pas le moindre double fond, pas le plus petit microfilm dans le tube de dentifrice. Les bagages de Mme B. sont d'une pureté absolue. Il faut donc se résoudre aux grands moyens, et le chef de la douane convoque deux « fonctionnaires fouilleuses ».

Tandis qu'il explique la situation à ces deux gendarmes en jupons, dans le salon particulier Mme B. se lève, et se dirige vers un employé pour lui chuchoter à l'oreille :

« J'aimerais me rafraîchir un peu, voulez-vous m'indiquer les toilettes je vous prie ? »

Affolement ! L'employé est un homme des services secrets déguisé en stewart, et il a reçu l'ordre de ne pas quitter Mme B. d'une semelle. Et le coup des toilettes... c'est connu ! Classique ! On y a rendez-vous avec un comparse, à qui l'on remet les documents, et hop, le tour est joué !

« Une minute, s'il vous plaît, madame, je suis à vous, les toilettes sont côté passagers. Un coup de fil et je suis à vous. »

L'homme s'empare du téléphone et supplie qu'on lui envoie du renfort. Il faut s'assurer que personne ne prendra contact avec Mme B. durant son court isolement; et surtout, qu'elle ne se doute de rien!

Discrétion et efficacité sont les consignes. A la moindre erreur, de deux choses l'une : ou les documents disparaissent — et avec eux la preuve —, ou il n'y a pas de documents du tout et alors là, scandale diplomatique interministériel et international à la clef!

Mais Mme B. attend sagement de se faire accompagner au petit coin.

Devant les toilettes des dames, elle confie son mini-chien au faux stewart, en le remerciant d'en prendre soin, et disparaît.

Elle ne prend pas garde aux dames qui bavardent devant les lavabos, constate que tous les petits réduits affichent occupés, sauf un, et s'y rend. Un petit moment s'écoule, durant lequel le faux stewart ne voit entrer ni sortir personne, mission accomplie.

Mme B. récupère son petit chien, remercie, et se permet de signaler courtoisement à son guide que les lieux ne sont pas particulièrement dans l'état où l'on aimerait les trouver. Petit reproche que chaque utilisateur de ce genre d'endroit exprime très souvent, chaque fois du moins qu'il en a l'occasion.

En regagnant le salon particulier, Mme B. retrouve son hôtesse, accompagnée d'un douanier en uniforme, fort embarrassé.

« Euh, pardonnez-nous, madame, mais nous sommes contraints de vous demander d'accepter une fouille de vos bagages (l'hypocrite), et également de votre personne. »

Mme B. sursaute. Une fouille? Sur elle? En voilà des manières...

On lui explique que les ordres sont les ordres, et que d'ailleurs chaque passager sera soumis au même examen, qu'il est donc difficile vis-à-vis d'eux d'épargner Mme B.

Maugréant un peu, Mme B. se résigne à la chose. Et la voilà dans un bureau de la douane, face à deux fouilleuses athlétiques, qui lui demandent de se déshabiller, et de se laisser examiner sous toutes les coutures si l'on peut s'exprimer ainsi.

« Ridicule! dit Mme B.; vous n'ignorez pas qui je suis. Enfin, faites votre métier, mais c'est intolérable. »

Ce qui suit est assez délicat à formuler.

Mme B. est dans le costume d'Eve. On a fouillé ses vêtements sans résultat, et à présent les douanières ont pour mission de l'examiner de près. De face, rien d'anormal. De profil, non plus. Mais de dos...

« Oh!... fait la douanière-chef.

— Ça alors! commente la douanière sous-chef.

— Que se passe-t-il? » demande Mme B., rouge de honte et à deux doigts de la colère apoplectique.

Il se passe que sur le postérieur de Mme B., sont imprimées des lettres curieuses, formant un texte incompréhensible à première vue.

La douanière-chef oriente les lumières, s'empare d'une loupe, et n'y comprend rien.

Indubitablement, il y a là un texte, une sorte de message sûrement, mais en code, car les lettres paraissent imprimées à l'envers.

« Enfin, me direz-vous? Avez-vous fini de m'examiner de la sorte, c'est insupportable à la fin.

— Je regrette, madame, mais ceci est un document!

— Un document? Vous plaisantez! »

Le chef de la douane, averti par téléphone, se gratte la tête de stupéfaction...

Incroyable! Cette femme est bien une espionne, et elle a inventé le système le plus diabolique qui soit. Sûre que personne, vue sa position sociale, n'irait regarder jusque-là, elle transporte des messages sur la partie charnue de son individu.

Il saute sur le téléphone, et appelle son supérieur qui appelle son supérieur, jusqu'à ce qu'une voix en haut lieu résonne à toutes les oreilles en même temps :

« Photographiez l'objet du délit! Je veux des agrandissements tout de suite, appelez le service du chiffre, que l'on me décode ça immédiatement et surtout, gardez cette dame au chaud. Qu'elle ne tente pas de faire disparaître la preuve de sa trahison, débrouillez-vous, couchez-la, gardez-la à vue, et faites analyser l'encre qui a servi à écrire le message! »

Et pendant des heures, Mme B., enfermée dans une petite cabine de la douane, hurlant et protestant, doit subir les pires outrages.

Examen au microscope, photos, gros plan, noir, couleur et infrarouge, de tout ce qui figure sur son séant, avec interdiction pour elle d'y toucher, ou de tenter de le faire disparaître.

L'agrandissement de la partie la plus charnue de son anatomie est expédié par télétype au service du chiffre, lequel se plaint de la mauvaise qualité du document, ne comprend rien à ce mauvais code, et redemande des agrandissements par tranches, plus contrastés, avant de se prononcer.

S'agit-il de la description d'un moteur secret? Du dernier rapport militaire sur les forces de l'O.T.A.N.? D'une liste d'espions avec leur nom de code, et leurs photos?

Le branle-bas de combat est général. Le mari

de Mme B., réveillé en sursaut, est convoqué devant son ministre.

Bref, la nuit s'écoule en effervescence, messages secrets, coups de téléphone, ordres et contrordres divers...

Et pendant ce temps, la malheureuse M. B., humiliée jusqu'au plus secret d'elle-même, s'acharne à donner sa version des faits que personne n'écoute :

« Vos toilettes ne sont pas propres. Et je déteste les toilettes d'aéroport; j'ai simplement disposé un journal, avant de m'y asseoir. L'encre devait être fraîche, et s'est imprimée sur moi ! Vérifiez, bon sang ! C'est la *Tribune de Genève* d'hier matin ! Je l'ai laissée là-bas ! »

Mais il n'y a plus de *Tribune de Genève* dans les toilettes de l'aéroport, car les femmes de ménage sont passées par là, à l'aube, comme d'habitude.

Alors, on ne croit pas Mme B. et on garde Mme B. au secret, tandis que, reproduite à des centaines d'exemplaires, la photographie de son derrière suspect fait le tour des hauts lieux d'une dizaine de ministères. Une bien mauvaise blague...

Jusqu'à ce qu'un employé du décodage remette discrètement son rapport à qui de droit. Et qui de droit a la primeur de la plus célèbre affaire d'espionnage de notre temps : sur ce document ultrasecret, il peut lire : un gros titre sur les élections cantonales suisses, la photo d'une équipe de football, un bulletin météo, et le résultat du concours de pêche de l'amicale des Joyeux Genevois. A l'envers et mal imprimés en arc de cercle sur le postérieur d'une dame respectable...

C'est un document fabuleux, sauf votre respect.

LA PUDEUR ET L'INDIFFÉRENCE

CE n'est pas gai. Rien n'est gai dans cette histoire. Et lorsque les choses ne sont pas gaies, c'est souvent notre faute.

Ce qui est arrivé un soir, pas si lointain, à Grégoire et Marie, est dur, mais il faut parfois regarder les choses dures bien en face, pour essayer de les rendre plus douces. Encore faut-il y penser. Le retour à la nature préoccupe beaucoup de gens. La nostalgie des vieilles pierres, l'odeur de la vraie terre, les traditions, les racines.

Aujourd'hui, la société de consommation accroche sa publicité à tout cela. Le vin est du terroir, les parfums sont à la verveine, la cuisine est celle de grand-mère, les vacances sont à la ferme, les résidences s'appellent *Bois Fleuri,* le pain est au levain, et les pavillons préfabriqués, traditionnels. Les consommateurs d'aujourd'hui vivent sur les racines d'hier, mais ils sont si peu sûrs de cela, qu'ils n'arrêtent pas de se le dire.

Et les vieux ? Les vôtres, les nôtres, ceux qui font partie du terroir et qui y sont restés ?

Ils ne font pas partie des produits de consommation courants. La logistique les oublie au fond de leurs vieilles maisons de vraies pierres, au milieu de leurs vrais champs de luzerne, de leurs vignes, ou de leurs vallées perdues...

Grégoire et Marie sont arrivés ainsi au bout de leur âge, et pour eux le seul retour à la terre sera celui de tout le monde.

Grégoire est assis dans la cuisine. Il fait sombre, mais il n'est pas encore temps d'allumer. Dans les campagnes, celles de la France profonde, comme disent les politiciens qui ne les connaissent pas, on attend la dernière lueur du couchant. Elle suffit bien pour surveiller la soupe et bourrer la pipe.

Grégoire bourre sa pipe et Marie surveille la soupe. Sur la toile cirée, il a disposé une feuille de papier quadrillé et un stylo. Voilà bien des mois qu'il refuse d'écrire à son fils. Par orgueil et par dignité. On ne dérange pas les enfants pour rien. Ils sont loin, ils travaillent et ils ont des soucis. La ville est un vampire qui leur mange la vie, au point de leur faire oublier les parents. Pas de nouvelles, bonnes nouvelles.

Grégoire a soixante-quinze ans et son fils doit dire de temps en temps : « Mon père est droit comme un chêne... il a une vie saine... lui... »

Marie a soixante-douze ans, et le même fils doit dire : « Ma mère n'a pas d'âge... personne ne réussit comme elle les tartes à la framboise... »

Peut-être ce fils les croit-il éternels ?

Aujourd'hui, Grégoire se résigne à « déranger les enfants ». Il faut dire que Marie est malade.

Marie qui fut si vaillante. Marie qui commandait, époussetait, raccommodait, secouait, et dirigeait la vie comme on mène un troupeau, de l'aube au crépuscule jour après jour. Marie est paralysée. Assise, rangée dans un fauteuil, immobile. Seul son visage est resté vivant. Il lui reste ses yeux pour surveiller la soupe. Voilà ce qu'il faut dire aux enfants. Marie n'est pas d'accord. Elle a honte. Honte de céder devant les années et la fatigue. Mais Grégoire a décidé. Le temps est venu de rappeler au fils qu'un jour ils partiront l'un après l'autre, et que ce jour se rapproche.

Grégoire écrit avec application et le papier colle sur la toile cirée à petits carreaux rouges. Dira-t-il aussi que lui-même... parfois... non, il ne le dira pas. Ce serait trop de soucis en même temps. Marie d'abord. La mère d'abord.

C'est elle qui a mis ce grand gaillard au monde, et qui l'a regardé partir sans une larme, qui ne l'a presque plus revu, recevant comme une aumône les photos des petits-enfants et les visites en coup de vent.

« Tu comprends, cette année, on va en Espagne... en Italie... voir la mer... ou la montagne... Tu comprends, on n'a que trois semaines... Tu comprends, les enfants vont en colonie, c'est plus pratique... Tu comprends, ils sont grands maintenant, ils ont leur vie... Tu comprends, c'est loin chez vous... »

Si loin qu'insensiblement ils ne sont plus venus.

« Vous devriez vous faire installer le téléphone, ce serait plus pratique, s'il arrivait quelque chose, on serait prévenus. » Prévenus oui, et absents, c'est normal.

Grégoire n'aime pas écrire. C'était maman qui écrivait, pour les fêtes et les anniversaires, Noël et le reste. Alors, il écrit peu, simple, comme un bulletin de santé. « Le docteur a dit que... alors voilà... on voulait que tu saches, pour que si jamais... Ton père affectionné. »

Le fils a répondu. Avec en plus un petit mot de

toute la famille, qui embrasse bien grand-mère et espère qu'elle guérira vite.

Il a dit qu'il viendrait dès qu'il pourrait.

Plus tard, il a dit qu'il n'avait pas pu, mais qu'il pourrait bientôt. Alors Grégoire a écrit de nouveau qu'il ne se fasse pas de soucis, qu'il ne se dérange pas. « Ta sœur est venue dimanche, elle est restée pour le goûter, elle ne pouvait pas plus, à cause de son travail... Elle a trouvé maman bien fatiguée, mais courageuse. Nous allons bien, surtout ne vous tracassez pas. »

Comment pourraient-ils se tracasser, ce fils et cette fille, qui ne savent lire, ni entre les lignes, ni entre les rides. Et puis du moment que le père dit de ne pas se tracasser, c'est qu'il n'y a pas péril en la demeure des vieux parents.

Aucun péril, c'est vrai. Le vent d'automne déferle sur les Cévennes, balayant les villages, les maisons de pierres sèches, et courbant le dos de Grégoire sur le chemin montant. Le docteur a dit...

Il ne l'écrira pas. Mourir c'est l'affaire des vieux, pas des jeunes. Et puis il ne faut pas croire au désastre. Si les enfants venaient, Marie comprendrait que chaque minute de sa vie est un miracle. Un miracle douloureux. Elle se verrait partir, il ne faut pas.

Le vent d'hier a glacé les pierres, fermé les portes et les fenêtres. Et le facteur a bien du mérite. Il apporte le journal, la facture de l'électricité, les papiers de l'assurance, ceux de la retraite, et un calendrier des postes.

C'est Noël. Il apportera en plus une jolie carte rouge et or, semée de paillettes... « Bonne année, bonne santé. Le petit dernier a la rougeole, nous viendrons bientôt, comment va Mamie ?... »

« Mamie va bien, répond Grégoire, elle ne peut

lire alors je lui ai lu la belle carte et je lui ai raconté le dessin. Elle vous embrasse. »

Et puis Grégoire n'écrit plus.

La vie dans la vieille maison des Cévennes s'est réduite à un regard qui en surveille un autre. Grégoire et Marie vivent les yeux dans les yeux, préoccupés de leur détresse, accrochés à de minuscules espoirs, peureux du moindre souffle, sursautant au moindre silence. Grégoire ne sent pas les forces le quitter. Il est trop occupé à rassembler celles de Marie.

Batailles vaines, faites d'attaques et de déroute, de répit, d'armistice... Les jours sont trop longs ou trop courts, les nuits terrifiantes, les matins sans espoir.

Le vent du printemps secoue les hirondelles. Celui d'été n'apporte guère de nouvelles.

Les enfants vont venir, peut-être. Ils l'ont dit, mais ne l'ont pas redit. Grégoire écrit sa dernière lettre. A la lumière de l'ampoule, alors qu'il fait encore jour.

« Ne vous dérangez pas. Nous sommes trop fatigués. Vous recevoir serait une fatigue de plus. Maman a besoin de repos et votre vieux père aussi. L'année prochaine tout ira mieux. Amusez-vous, l'été sera beau. »

L'été fut beau, et l'automne flamboyant. La bruyère était en avance.

La petite maison de Grégoire et Marie, couleur des monts, couleur des pierres, à la sortie du village, résiste sagement aux premiers frimas. Elle en a vu d'autres...

L'escalier de pierre qui monte au grenier a gardé sa mousse, les ardoises ont des douceurs grises. Les volets clos s'endorment. Le village a murmuré sous le malheur, puis s'est tu.

Dans la page locale du journal des Cévennes, quatre lignes indécentes :

« Un agriculteur en retraite, M. Grégoire X... soixante-seize ans, a tué hier d'un coup de fusil de chasse son épouse Marie X... soixante-treize ans, infirme depuis plusieurs années. Il s'est ensuite donné la mort. Ce drame de l'euthanasie a endeuillé le petit hameau de Z... »

Les vraies racines sont mortes. Nous n'avons pas le courage de les préserver. Nous les oublions en voulant les retrouver. Elles, pendant ce temps, savent retourner à la terre, sans nous...

UNE SOIRÉE DE PHYLLIS MARCH

PHYLLIS MARCH est une vieille fille obstinée.
Anglaise, têtue et incurable aussi. Elle croit dur
comme fer à la bonne volonté, à l'amour d'autrui.
Et en vertu de ces deux théories, entreprend le
sauvetage de n'importe qui.

Son frère, cinquante ans, chômeur professionnel et fainéant par conviction, vit sur son dos
depuis presque trente ans. Mais elle demeure persuadée qu'il changera un jour.

A soixante-trois ans, Phyllis consacre également
sa vie au recyclage des anciens détenus. Sa vie,
son argent, et une partie de sa maison.

Il y a donc ce soir-là, 18 décembre 1964, deux
anciens prisonniers chez elle. Ils occupent la
chambre du fond, elle leur a aménagé une cuisine, ils ont une entrée individuelle, et vont et
viennent comme ils l'entendent depuis quinze
jours. Jeffrey est un libéré sur parole après huit
ans de peine pour vols divers. C'est un petit
homme calme et insignifiant. Ernie est aussi
libéré sur parole, après cinq ans pour tentative de
hold-up. C'est un colosse au cerveau parfois chan-
celant.

Ce soir, Phyllis March rentre chez elle avec une bonne nouvelle. Elle a trouvé du travail pour Ernie, et c'est une victoire. Elle est en train de retirer son imperméable quand un hurlement épouvantable la fait sursauter. C'est un cri de bête, inhumain. Phyllis n'a même pas le temps de courir en direction de la chambre du fond. La porte s'ouvre avec violence et Jeffrey apparaît couvert de sang, le visage tordu par la souffrance. Il s'écroule presque aussitôt dans le couloir et Ernie le colosse l'enjambe comme si de rien n'était.

Il tient un revolver dans sa main droite. De la gauche, il retire un couteau du dos de sa victime, et s'adresse à Phyllis :

« Bougez pas, hein ? Bougez pas ! »

Phyllis ne bouge pas. Les yeux écarquillés d'horreur, son imperméable mouillé à la main, elle observe la scène en réfléchissant à toute vitesse.

Jeffrey est mort, sans aucun doute. Ils ont dû se disputer ou se battre, peu importe. Maintenant, ce qui compte, c'est Ernie. Il est fou. Jusqu'à présent, le psychiatre qui le suit depuis son internement a toujours prétendu qu'il n'aurait pas de crise de violence meurtrière... Beau résultat.

« Du calme, se dit Phyllis, du calme, surtout ne pas bouger, ne pas crier, attendre qu'il parle lui-même. »

C'est alors qu'une silhouette apparaît dans le couloir, sortant de la salle de bain, presque à hauteur d'Ernie. C'est Joss, le frère de Phyllis. Il découvre la scène et se met à hurler :

« Qu'est-ce qu'il se passe ? Non mais ça ne va

pas ? Mais il l'a tué ! Phyllis, cette espèce de fou l'a tué ! »

Phyllis serre les dents. « L'imbécile, se dit-elle, l'épouvantable crétin, il ne pouvait pas se taire ! Il a compris maintenant, mais trop tard. Ernie avance sur lui, le revolver pointé. Que faire, mon Dieu, que faire ? »

Il y a un petit bruit bizarre... Phyllis ferme les yeux si fort qu'elle en a mal, puis les rouvre.

Le revolver s'est enrayé, et Ernie regarde l'arme avec stupéfaction. Il faut en profiter. Il faut rester calme devant ce fou furieux, ce cadavre ensanglanté et son idiot de frère qui ne bouge plus maintenant, alors qu'il devrait bondir et désarmer l'agresseur.

Phyllis parle, en tendant la main devant elle, dans un geste d'apaisement.

« Ernie ? Ce n'est rien, Ernie. Mon frère n'est pas fâché. Tu l'as surpris, tu comprends. Il prenait son bain. Viens me voir, viens... Qu'est-ce que c'est que cette histoire. Tu t'es disputé avec Jeffrey ? C'est ça ? Bon, tu vas me raconter ça ? On va s'installer dans le salon. J'ai froid, moi, il pleut dehors, et je rentre à l'instant. Tu viens ? Il faut qu'on discute. Allez, viens, Ernie... viens... »

Ainsi commence, ce 18 décembre 1964, à dix-neuf heures, l'extraordinaire aventure de Phyllis March qui, certes, n'est pas une femme comme les autres. Ce n'est pas non plus une vieille fille comme les autres. Pas de mari, mais chez cette femme solide et équilibrée, aucun regret. Une fois pour toutes Phyllis s'est dit à elle-même :

« Il y a trop de misère dans le monde, trop de gens seuls, perdus et désespérés. Moi je suis solide, moi je n'ai pas besoin qu'on me fasse des enfants. Je vais m'occuper d'eux, des autres, des petits comme des grands, peu importe, hommes, femmes, enfants, ou animaux. Que je serve au moins à cela dans ce monde de fous. »

Et elle l'a fait. Elle a été éducatrice, elle est passée des enfants de dix ans à ceux de cinquante, des orphelins aux prisons. Elle s'est frottée à toutes les misères, à toutes les angoisses. En a-t-elle sauvé ? Sûrement. Elle ne le sait pas elle-même. Elle n'a pas compté. Quand on est comme elle, bonne sœur de la charité universelle, sans costume et sans étiquette, on ne calcule pas, on ne devient pas fonctionnaire de sauvetage.

Voilà qui est Phyllis March. A part cela, une femme anonyme, aux cheveux gris, au nez long, portant lunettes. Ni âge ni coquetterie superficielle. Souliers plats, tailleur de tweed et imperméable. Si c'est un uniforme, c'est le sien.

Voilà cinq ans qu'elle a décidé de recueillir les prisonniers libérés en mal de logement, de travail, de conseils et d'amitié. Avec plus ou moins de succès, elle en a hébergé une trentaine.

Un seul individu n'était pas d'accord. Il ne l'est toujours pas. Il ne le sera jamais de sa vie, c'est Joss, son frère cadet.

Mais sa vie pour l'instant, ne tient qu'à un fil, et ce fil c'est Phyllis qui en a le bout. Elle a tourné le dos à Ernie le tueur avec une tranquillité apparente. Elle ignore son frère paralysé de peur, le dos collé au mur du couloir. Elle ignore le revolver, enrayé pour l'instant, le couteau, une arme de combat affûtée comme un rasoir.

Elle ignore sa peur, la folie de l'autre, tout ! Elle avance vers le salon, guidée uniquement par son instinct !

Car Phyllis n'est pas une psychologue professionnelle. Elle est incapable de cataloguer qui que ce soit. Les êtres pour elle, sont des rencontres inattendues, individuelles, mouvantes, rien n'est jamais pareil, il n'y a pas de règle, pas d'astuce, aucun remède miracle. A chaque individu, tout recommence.

« Ernie ?... Tu viens ? »

Ernie bouge dans son dos, elle le sent, et se retient pour ne pas se retourner. Car elle a compris. Il s'est jeté sur Joss et doit l'immobiliser. Elle l'entend grogner :

« Bouge pas toi ou je te crève...

— Ernie ? Tu viens oui ou non ! Allez, arrête ce cirque, il faut qu'on parle ! »

Où a-t-elle appris qu'il s'agissait là de la meilleure méthode ? Comment a-t-elle compris que le colosse avait vacillé brutalement dans la folie, comment sait-elle que ce genre de folie est sensible à l'indifférence ? Des fous, il y en a de toutes sortes, avec des réactions de toutes sortes, et la plupart du temps imprévisibles. Mais Phyllis et son instinct ont décidé en un quart de seconde qu'il fallait mépriser l'acte criminel d'Ernie et en parler comme d'une chose sans gravité, dont on peut discuter. Elle a un culot monstre, car Ernie n'est pas décidé à la suivre dans ce jeu, apparemment.

Il arrive pourtant derrière elle dans le salon. Mais il tient Joss par le cou avec le couteau dans sa nuque et le revolver pointé sur son ventre.

Phyllis s'assoit dans un fauteuil.

« Lâche-le Ernie, tu vois bien qu'il a peur de toi...

— Non. Je veux pas. Il va appeler les flics !

— Mais non, il ne le fera pas ! C'est moi qui décide tu le sais bien.

— Alors je vais l'attacher.

— Si tu veux, mais dépêche-toi, il faut qu'on discute.

— Je veux pas discuter, j'ai rien fait de mal.

104

— Ernie?

— Qu'est-ce qu'il y a?

— Tu sais très bien ce que tu as fait.

— C'est sa faute, il m'a provoqué! C'est un pourri! Il a dit comme ça, que l'asile me relâcherait pas la prochaine fois.

— La prochaine fois que quoi?

— Ben...

— Que quoi, Ernie?

— Je me suis barré de l'hôpital.

— Tu n'y allais qu'en visite, pourquoi te sauver?

— J'ai piqué des médicaments chez le docteur. L'infirmière m'a vu...

— Alors?

— Je l'ai giflée, et je me suis barré!

— Et tu n'as pas vu le médecin?

— Non... J'en ai marre de ce type. Il me donne des trucs pour réfléchir. Moi je veux pas...

— Et qu'est-ce que tu veux?

— J'en sais rien. Je sais pas, moi... Je suis pas fou. C'est les autres qui me rendent dingue. »

Tout en parlant, Ernie a ficelé Joss, avec les cordons du rideau qu'il a arraché. Pour un fou, il est méthodique. Chevilles, poignets, il s'attaque maintenant à la cravate de Joss, et lui entoure la bouche avec, bien serrée. Joss est mort de peur, il a les yeux blancs, et Ernie le bascule sur le divan, arrache les fils du téléphone, puis, satisfait, regarde autour de lui.

« Bon. A vous maintenant! »

Phyllis a des sueurs froides. Il ne faut pas! Il ne faut surtout pas qu'il s'attaque à elle. Il faut détourner son attention. Elle commence un long monologue. Elle invente n'importe quoi, au fil de l'inspiration...

« Aujourd'hui, j'ai vu ton copain Freddy, tu

sais? Celui qui était en cellule avec toi l'année dernière. »

Elle ne s'entend même pas parler, les mots défilent les uns derrière les autres. Les phrases s'enchaînent. Elle allume une cigarette, et parle... parle... parle...

Si elle gagne cette phase du jeu, elle atteindra peut-être son but.

Phyllis March doit parler depuis dix minutes maintenant, montre en main.

« ... L'ennui avec ton copain, Ernie, c'est qu'il refuse de se faire soigner, s'il acceptait, il sortirait de prison, comme toi, il pourrait travailler et vivre bien. »

Ernie semble réfléchir. Il a fini par s'asseoir lui aussi dans un fauteuil, pour écouter les malheurs (inventés) de son ancien camarade de cellule. Pour un observateur, la scène serait incroyable : dans le couloir, visible depuis le salon, un cadavre. Sur le divan, un homme ficelé et bâillonné, et, discutant dans leurs fauteuils, l'assassin et Phyllis.

Ernie parle :

« Mon copain, il veut pas sortir de prison. Il me l'a dit... Il est pas comme moi, il a peur des portes...

— Tu as peur des portes?

— Oh! j'aime pas les portes, j'aime pas ça! On devrait enlever toutes les portes, tu comprends? Jeffrey, lui, il se moque de moi. »

Phyllis remarque qu'il a dit. « Jeffrey se moque ». Il parle au présent, pas au passé. C'est donc qu'il a oublié son crime, momentanément peut-être, mais c'est bon signe.

« Je te donnerai une chambre sans porte, si tu veux, mais je connais un meilleur moyen. Si tu allais voir le médecin maintenant?

— Pour quoi faire?

— Eh bien, pour qu'il te donne un médicament!

— J'en ai des médicaments, je les ai volés...

— Fais voir! »

Ernie fouille dans sa poche, et sort trois boîtes d'ampoules. Phyllis fait la grimace, en les examinant :

« C'est malin, tu as volé des piqûres! Ça peut pas s'avaler, Ernie, il n'y a que le médecin qui peut faire ces piqûres... Qu'est-ce que tu voulais en faire?

— C'est pour dormir. Ça fait dormir ce truc! On dort debout. On est bien. On marche, on mange, on fait plein de trucs en dormant. Il m'en a fait une fois le toubib, et j'avais plus peur. Mais maintenant, il veut plus, il dit qu'il faut que je réfléchisse, il dit qu'il faut que je parle à un autre médecin. Alors j'ai volé. Et Jeffrey, il m'a dit : « On te relâchera pas la prochaine fois. » C'est pour ça alors. »

Ernie semble revenir à la réalité, brutalement. Phyllis fait une erreur volontaire, elle l'a laissé revenir au crime.

« Ecoute, Ernie, on va prendre la voiture, et aller voir le médecin tous les deux, d'accord? Il te fera ta piqûre, et ça ira.

— Non. J'ai pas confiance. Il va m'enfermer, c'est Jeffrey qui l'a dit.

— Jeffrey dit n'importe quoi, ne l'écoute pas. On va y aller toi et moi, et il te fera une piqûre.

— Vous pouvez pas me la faire, vous?

— Je voudrais bien, mais je n'ai pas de matériel, et puis je ne sais pas faire ces piqûres-là. On y va?

— Et lui alors?

— Qui ? Mon frère ? Eh bien, on le laisse là, on n'a pas besoin de lui.

— J'ai pas confiance.

— Ecoute, il ne bougera pas, tu l'as attaché !

— C'est pas ça ! Je veux pas aller chez le médecin. J'ai pas besoin de lui.

— Bon d'accord. Alors débrouille-toi avec tes médicaments. Moi je ne peux rien faire pour toi. »

Ernie se frotte le visage avec irritation. Il a l'air fatigué. Mais il tient toujours le revolver et le couteau et il mesure toujours 1,80 m, pour 90 kilos... Phyllis se sent momentanément à court d'argument. C'est Ernie qui reprend le dialogue, heureusement :

« Bon. On va y aller, mais on l'emmène, lui. Et je surveille...

— Tu veux emmener Joss ? »

Ernie a déjà soulevé son otage, comme un paquet.

« On va prendre la voiture, je le mets derrière, toi, tu iras chercher le médecin, et tu le feras descendre avec sa piqûre. »

Phyllis saisit son imperméable, et ne peut qu'emboîter le pas. La voiture est devant la porte. Ernie dépose son paquet vivant sur la banquette arrière, et pointe son revolver sur Phyllis :

« Allez, tu conduis... et attention aux flics, hein ? Si tu t'arrêtes, ou si tu cries, je tue tout le monde. »

Deux kilomètres à travers la ville, jusqu'à l'hôpital, tandis que Phyllis espère. Pourvu que le médecin comprenne à demi-mot, à cette heure de la soirée, elle tombera sur un interne de garde, pas sur le psychiatre qui s'occupe d'Ernie bien sûr.

Alors il faudra qu'il comprenne, et vite.

La voiture est dans la cour de l'hôpital. Un garde s'approche.

Phyllis sent la nervosité du criminel dans son dos, et s'efforce au calme :

« Nous voulons voir le médecin de garde. »

L'homme fait un geste :

« Garez-vous là, et demandez à l'entrée. »

Sans discuter Phyllis gare la voiture. L'homme s'éloigne et disparaît. Ernie s'agite :

« Allez... Va chercher le médecin.

— Viens avec moi, ce sera plus simple.

— Non. Je veux ma piqûre ici. Après je partirai avec la voiture et j'emmènerai ton frère, comme ça, tu pourras pas prévenir la police.

— Ernie, j'en ai assez ! Un médecin ne fait pas de piqûre dans une voiture, et dans une cour d'hôpital ! Descends et suis-moi, qu'est-ce que c'est que ces caprices ? »

Ernie lève un couteau menaçant, et sans prévenir le plonge dans le corps de Joss.

Phyllis retient de justesse un cri d'épouvante. Son frère a écarquillé les yeux sous la surprise et la douleur. Il se tord sur la banquette. Dans le noir, Phyllis repère le couteau. Il a transpercé le bras, en haut près de l'épaule gauche. Ernie a frappé sans même regarder. A dix centimètres, il touchait le cœur.

Cette fois, Phyllis, malgré tout son courage, se sent prête à craquer. Voilà plus de deux heures qu'elle palabre avec ce fou et elle n'en peut plus. Et si le revolver était coincé définitivement ? Si elle lui sautait dessus ? Non, c'est ridicule. Le coup peut partir, et le temps que les autres comprennent dans l'hôpital... Et Joss qui s'est évanoui, en plus. Décidément, il faut continuer ce jeu terrible.

« Bon. J'y vais.

« — Non. Je viens avec toi, lui, il est mort, je m'en fous ! »

Joss n'est pas mort, mais Ernie le croit, c'est l'essentiel, et immédiatement Phyllis profite de la nouvelle situation.

« D'accord, allons-y, on a assez perdu de temps. »

Ernie la tient par le bras, et il dissimule le revolver dans sa poche. Les voilà tous les deux à la réception de l'hôpital. Phyllis s'agrippe au comptoir, en montrant les médicaments.

« C'est urgent, mademoiselle ! Ce monsieur a besoin d'une piqûre, le médecin est au courant, je lui ai téléphoné, conduisez-nous, s'il vous plaît. »

Elle doit avoir l'air sûr d'elle et le ton convaincant, car la jeune fille se lève, les guide dans un couloir, frappe à une porte, l'ouvre, et annonce :

« Docteur ! c'est votre urgence ! »

Mais déjà Phyllis la repousse :

« Merci... Merci bien, bonjour, docteur ! »

Elle referme la porte, et regarde le médecin droit dans les yeux, pourvu qu'il ne discute pas ! S'il obéit, s'il fait vite, elle évitera un nouvel otage, un nouveau drame. La main puissante d'Ernie s'est crispée sur son bras, elle le sent à la dérive. Quant au médecin il ouvre la bouche pour protester, mais elle parle avant lui :

« Docteur, je ne vous ai pas téléphoné, mon téléphone est coupé, ce garçon est un ami, il a besoin d'une piqûre de ça. Je lui ai dit que vous la lui feriez et qu'ensuite il pourrait prendre ma voiture et s'en aller, vous comprenez ? »

Le médecin, un jeune interne d'une trentaine d'années, la regarde avec intensité. Phyllis continue, sans quitter ses yeux :

« C'est une piqûre pour dormir debout, vous

110

savez ? Ernie en a besoin. Allez, Ernie, assieds-toi, donne ton bras au médecin. »

Le médecin semble avoir compris qu'il se passe quelque chose de grave, et qu'il doit faire ce qu'on lui dit, mais il hésite encore. Et c'est Ernie lui-même qui le décide par l'absurdité de sa demande :

« Elle aussi elle aura une piqûre, avant moi, comme ça je suis tranquille. »

Phyllis hoche la tête, et s'assoit sur une chaise, son regard ne lâche pas celui du jeune médecin. Il lui parle, silencieusement, impérativement.

Alors l'interne ouvre un placard de verre, s'empare d'une seringue, examine les boîtes que lui tend Phyllis, le nom du produit, la dose, puis il casse une ampoule, remplit la seringue, met un garrot, et se tourne vers Phyllis qui bat des cils en signe de remerciement.

La piqûre est rapide, une drôle de chaleur l'envahit. Elle regarde le médecin changer d'aiguille, refaire l'opération, et s'approcher d'Ernie.

Elle a encore le temps de remarquer que la seringue est encore emplie du liquide de la première ampoule, lorsqu'il aspire le contenu de la seconde.

Elle se dit : « Il ne m'a injecté qu'une faible dose. Il va mettre le maximum à Ernie. »

Ernie grimace encore, puis son visage se détend, il sourit, il sort le revolver de sa poche, de sa main libre, et le pose sur ses genoux, avec tranquillité.

Stupéfait, le médecin considère l'arme, et le colosse, dont la tête s'incline doucement, doucement, dont les yeux se ferment, et qui tombe comme une masse, enfin, au bout de cinq longues minutes.

Phyllis, elle, tient le coup, encore sur un petit nuage, elle parle sans le réaliser vraiment :

« Mon frère, dans la voiture... il l'a blessé... une Morris, à droite sur le parking... prévenez la police... il a tué Jeffrey... chez moi, l'adresse, dans mon sac... »

Et elle s'évanouit, avec une volupté et un soulagement indicibles, pour se réveiller dix minutes plus tard, vaseuse mais lucide.

Car Phyllis March n'est pas une femme comme les autres. Elle a continué son métier avec obstination, en déclarant :

« Ernie a tué sous mon toit. C'est un échec, mais ce doit être le dernier. »

Un échec ? En ce qui la concerne, sûrement pas.

L'ENFANT DU CYCLONE

JÉRÉMIE HENOCK est un brave homme, beaucoup trop brave. Mais il ne méritait pas ce qu'il est en train de lui arriver : sa femme s'en va avec leur fils de trois mois.

« Jérémie, a-t-elle dit, je déteste la vie dans ce pays. Je te déteste aussi de m'y avoir emmenée. Adieu et débrouille-toi tout seul avec ton épicerie minable. »

Ce pays, c'est San Fernando, petit port du nord des Philippines. Il y pleut presque tout le temps, et quand il ne pleut pas, l'humidité colle à la peau. La mer de Chine y a des colères bleu marine subites et terrifiantes. Jérémie Henock, lui, ne se met pas en colère. Il baisse les bras, et il regarde partir le cargo vers l'Amérique. Puis il retourne à sa petite épicerie minable sur le port, à sa maison sur pilotis, à sa solitude d'homme déjà vieux.

Il a cinquante ans, elle en avait vingt-cinq. Il est courageux, elle était lâche et paresseuse. Il en a fait une épouse et une mère, mais ce n'était qu'une aventurière de pacotille.

La vie semble bien terne à Jérémie Henock. Il ignore encore ce qu'elle lui réserve d'incroyable et de presque surnaturel, car jamais brave

113

homme n'aura vécu ce que doit vivre encore Jérémie Henock, l'espace d'un cyclone.

Ce soir, il fait très lourd. Le ciel et la mer semblent confondus dans une poisse verdâtre et grise. De brusques sautes de vent agitent les cocotiers et font frémir les maisons fragiles. Le vieux Chinois qui tient la taverne du port connaît trop ce temps-là. Il a fermé boutique, et les Philippins l'ont traité d'oiseau de malheur.

La terre a tremblé, c'est certain, mais c'est une habitude. Un volcan lointain crache un peu plus de lave, c'est sûr. Mais de là à croire au cyclone... C'est la mousson de juin qui arrive, tout simplement. Jérémie Henock n'en est pas si sûr. Du haut de sa maison il observe la mer à la jumelle. Elle est lourde de menaces liquides. On la voit se jeter de tout son poids sur les récifs de corail comme si elle voulait les écraser. Jérémie Henock respire mal. L'air est épais, angoissant, pauvre en oxygène.

Il va se passer quelque chose.

Une heure plus tard, la vieille femme qui lui sert de gouvernante disparaît en criant : « Baguios... Baguios...! »

C'est donc ça un cyclone. Jérémie n'en a jamais vu. Il est pourtant installé dans l'île de Lucon, depuis trois ans. On lui en a parlé, on lui a décrit des visions de cauchemars. Sa femme en avait peur, mais elle est partie depuis deux ans, et ne verra pas celui-là.

Si Jérémie était raisonnable, il ferait comme la vieille, comme le Chinois, comme presque tous les Philippins qui vivent au bord de la mer. Il s'éloignerait du rivage. Il irait se réfugier dans la forêt à l'abri des arbres. Mais il s'en moque.

Depuis qu'il vit seul, il se moque de pas mal de choses. Même de la fortune en perles qu'il a amassée. Même de la vie. Alors il reste là à regarder. Qui sait d'ailleurs, le destin a peut-être décidé à sa place.

En quelques secondes, la mer a basculé. Le vent a écartelé les arbres, et la terre se met à tanguer. Surpris par la rapidité de l'attaque, Jérémie n'a pas eu le temps de s'accrocher à quelque chose. Toute la maison s'écroule dans un fracas de bois. Le toit de palme arraché comme un vulgaire morceau de papier disparaît dans les airs. Les pilotis s'entrechoquent, et le plancher s'éparpille.

Jérémie est projeté au-dehors, le souffle coupé. Aveuglé par le sable, le corps meurtri, il rampe comme il peut, sans savoir où il va. Mais les tornades sont si violentes et si rapprochées, qu'il n'avance pas. Il reçoit d'immenses claques de vent. Ses mains cherchent vainement une prise. Il roule de plusieurs mètres en avant, en arrière. Des branches volent au-dessus de lui, des hurlements transpercent ses oreilles, sa tête est folle, ses yeux aveugles. Il se redresse un peu, court pendant quelques mètres, roule encore, s'accroche vainement à une corde de hamac qui vient de lui gifler le visage.

Il a voulu voir le spectacle, il ne le verra pas. Il ne peut que le subir, les paupières serrées avec force pour protéger ses yeux. Il lui semble que le vent déforme son visage avec violence, comme s'il voulait le détruire. Autour de lui c'est la fin du monde. L'apocalypse, un spectacle grandiose et inhumain. Jérémie ne peut pas voir les maisons soulevées comme des plumes, les arbres arrachés chevauchant la mer, le ciel tombe, l'eau se soulève, les hommes meurent noyés, écrasés, emportés...

Jérémie s'est cogné à quelque chose de dur, un palmier énorme qu'il a saisi à bras-le-corps. De toutes ses forces tendues, de toute son énergie, de toute sa peur, il s'y incruste. La corde qu'il n'a pas lâchée lui sert de lien. En s'arrachant les ongles il réussit à la passer autour de l'arbre et de son propre corps. Il serre en aveugle, il se cramponne et il tient bon. Mal au ventre, mal aux bras, dos brisé, il reçoit pendant des heures toute la colère de la terre, de la mer et du ciel mélangés.

La pluie n'est pas une pluie, c'est une accumulation de trombes d'eau qui déferlent sur lui...

Le temps qui passe ne se mesure pas.

Ce jour de juin 1906, un cyclone a dévasté San Fernando en deux heures de temps. C'était un petit cyclone ordinaire. La mer de Chine en connaît de plus terribles. Il n'y eut que vingt morts, et une dizaine de bateaux perdus corps et biens, avec un ou deux rescapés, ahuris et miraculés.

Jérémie a lentement relâché son étreinte. La pluie qui tombe à présent est une vraie pluie, verticale et douce. Elle lave les plaies, les écorchures, elle lave les yeux du sable qui les brûle. La mer se calme à regret. Jérémie avance sur la plage encombrée d'épaves, des morceaux de sa maison, et d'autres maisons, des débris de bateaux, des arbres déchiquetés. Il regarde son cocotier avec reconnaissance. Il a tenu bon. Tous les autres sont pliés au sol. A part un. Un gros lui aussi. Il a perdu la plupart de ses branches, mais il est resté droit.

C'est en levant les yeux sur lui que Jérémie aperçoit l'incroyable : un bébé dans un cocotier!...

Comment est-il arrivé là-haut? Pourquoi ne

pleure-t-il pas ? Comment ne tombe-t-il pas ? Un bébé ? Jérémie tente de grimper à l'arbre, mais il n'a plus de force. Voyant que les palmes qui retiennent l'enfant sont enchevêtrées, il risque le tout pour le tout, en tirant sur le bout d'une palme à mi-hauteur du tronc, il arrive à incliner légèrement le reste. L'enfant glisse, Jérémie se précipite et le reçoit dans ses bras comme un paquet. Sous le choc, il en tombe à la renverse.

C'est un enfant d'environ un an, peut-être deux, Jérémie n'est pas bien fixé. Il respire, mais ses yeux sont clos. Alors, Jérémie court, court... Il cherche un abri. Il faut sécher l'enfant et le ranimer.

Dans la panique du port dévasté, Jérémie trouve enfin de l'aide. Une femme lui prête du linge. L'enfant frictionné avec vigueur se réveille et pleure. Il ne balbutie que quelques mots incompréhensibles. Il a soif, et se jette plus tard sur une boulette de riz.

Jérémie voudrait bien le confier à quelqu'un, mais c'est impossible. Chacun a ses problèmes, ses morts, son désastre personnel. Il faut remonter les maisons, chercher dans les épaves un peu de ses trésors. Quant au bébé, les rescapés ne le reconnaissent pas.

Alors il fait comme tout le monde. Et il garde l'enfant. La vieille gouvernante le prend en charge, il reconstruit sa maison, remonte son épicerie, et quelques jours plus tard se contente de l'explication d'un marin : « Beaucoup de bateaux ont sombré. L'enfant devait être à bord. Emporté, Dieu sait comment par le cyclone, il s'est retrouvé Dieu sait comment accroché dans un cocotier... ici, on en a vu d'autres. »

Les années vont passer maintenant. Jérémie a adopté l'enfant officiellement. C'est un enfant blanc comme lui. A quelque chose près, il a l'âge du sien, alors ce sera son fils, pourquoi pas. Il s'appellera Moïse, pourquoi pas. Voilà qui redonne à Jérémie le goût de la vie.

Moïse a dix ans, puis quinze, puis vingt, en 1924. Son père Jérémie est un vieillard de plus de soixante-dix ans.

Beaucoup de tempêtes ont secoué la mer de Chine, et Moïse est bien l'enfant du cyclone. Violent, agressif, il n'a pas fait la joie de son père adoptif. Il veut partir, il veut de l'argent. Lui aussi veut quitter cette terre qu'il n'aime pas et ce père qu'il ne respecte pas.

Par une nuit de tempête, le vieux Jérémie surprend Moïse, dévalisant la caisse de l'épicerie minable. Il a déjà pris les économies, il lui reste à frapper ce brave imbécile qui se croit tous les droits sur lui, pour l'avoir un jour d'une autre tempête, arraché à un cocotier.

Jérémie meurt sous les coups de Moïse et Moïse sera jugé puis pendu pour ce crime. Quel destin étrange... Quelle fin tragique à cette histoire de tempête : Jérémie est en terre, et Moïse en prison à Manille depuis des mois. Son exécution est imminente.

Mais... c'est alors qu'un marin de passage, à San Fernando, entend parler du drame. Le cyclone de 1906, et un enfant mâle de deux ans, cela lui rappelle quelque chose.

Cet enfant était sur son bateau le jour du cyclone, avec une femme. Elle retournait à San Fernando pour y retrouver son mari et lui abandonner l'enfant dont elle ne voulait plus. La dernière fois que le marin les a vus, c'était dans une barque, à cent mètres du bord. La femme s'appelait Henock. Le marin les avait crus morts tous les deux, il se croyait seul rescapé, et voilà qu'il comprend que le bébé dans le cocotier, c'était lui. Ce Moïse qui a tué son père adoptif, sans savoir que ce père adoptif était son vrai père. Pour que ce parricide ait lieu, il avait fallu un cyclone.

Une déposition officielle du marin a permis de rétablir l'identité du condamné.

Charles Henock, fils de Jérémie et de Cecily, son épouse, eut alors quelques semaines pour méditer l'étrangeté de son crime. En somme il avait tué deux fois son père. Il fut pendu le 6 février 1925.

La mer de Chine était calme et bleue. Aucun cyclone ne vint à son secours.

LES PIGEONS
NE VOLENT PAS LA NUIT

Avec des efforts formidables, les trois aviateurs aident le commandant William à monter à bord du bateau pneumatique, et poussent un soupir de soulagement... l'équipage entier est là, sain et sauf.

A quelques mètres d'eux, des épaves de toutes sortes témoignent de la dislocation de l'avion au contact de la mer qui vient de se refermer sur une nouvelle histoire de naufrage. Aventure presque banale et quotidienne en cette année de guerre.

Au retour d'une mission sur les côtes de Norvège, à la recherche d'unités de la flotte allemande, un moteur qui prend feu puis explose et c'est l'amerrissage forcé dans un jaillissement d'écume, la ruée hors de l'appareil qui s'est cassé en deux, le canot pneumatique à gonflage automatique qui s'ouvre, le contact de l'eau glacée et ce sentiment de sécurité, d'être assis là, dans quelque chose d'étanche qui monte et descend au gré des vagues.

Tandis que deux hommes se mettent aux pagaies pour tenter de récupérer quelque chose qui pourrait être utile parmi ce qui flotte, le commandant William fait le compte des vivres.

Le bilan est vite fait : quatre tablettes de chocolat et trois de chewing-gum... évidemment, c'est dérisoire pour quatre hommes transis de froid, perdus à 250 kilomètres de leur base en pleine mer du Nord.

Comme ils en sont là de leurs réflexions, leur attention est attirée par le bruit qui sort de la petite cage d'osier que le commandant a jetée dans le canot avant d'y prendre place :

« Le pigeon ! »

A bord des appareils *Beaufort* de la R.A.F. stationnés sur des bases d'Ecosse, avant chaque départ, l'équipage recevait en effet, des mains du lieutenant colombophile, deux pigeons, chacun dans une cage. En cas d'atterrissage ou d'amerrissage forcé, ces oiseaux, munis d'un message, constituaient le plus efficace des S.O.S.

Dans le cas présent, ce pigeon est la chance unique des quatre hommes, car le radio n'a eu que le temps d'envoyer un S.O.S. sans préciser leur position.

« Lequel est-ce ? » demande le copilote.

Avec d'infinies précautions, le commandant ouvre la porte de la cage, en extrait l'oiseau et le bascule sur le dos.

Le long de sa patte, un tube minuscule et un petit morceau de plastique avec le n° 813.

« C'est Max », dit William, qui sort du tube le mince rouleau de papier vierge qui va leur servir de missive.

Tandis que le copilote écrit, en lettres capitales, leur position, chacun des quatre hommes fait secrètement une prière pour que le messager arrive à bon port.

A perte de vue c'est la mer... et seul le bruissement des vagues trouble le silence rempli d'angoisse.

Maudite soit la fatalité qui a déposé ces quatre hommes, là, dans un canot aussi minuscule qu'un grain de sable sur l'immensité de l'océan.

Le message remis en place et le tube bien fermé, le commandant lance le pigeon dans l'espace...

« Allez, Max, et bonne route ! »

L'oiseau s'envole, décrit quelques cercles au-dessus du canot et, à la surprise générale, redescend comme une pierre se poser sur le bord du pneumatique. William recommence son lancer, non sans sermonner le pigeon, ce qui amène un sourire sur les lèvres de ses compagnons.

« Tu vas travailler, oui ? C'est le moment ou jamais. »

Cette fois, l'oiseau volète autour du canot, fait semblant de s'éloigner et brusquement revient à son point de départ.

Alors on le chasse, on l'empêche de se poser, on le repousse.

« Qu'est-ce que c'est que ce pigeon voyageur qui ne veut pas voyager ? »

Il y a quelque chose de poignant à voir ces hommes debout, en perte d'équilibre, gesticulant et criant pour inciter leur unique chance de salut à prendre l'air alors que l'oiseau refuse obstinément de s'éloigner.

Enfin le pigeon monte, tourne une fois, deux fois, trois fois au-dessus du petit groupe tout à fait silencieux et fonce dans le ciel du côté opposé au couchant.

C'est alors que l'un des mitrailleurs émet d'une voix mal assurée cette question qui va faire l'effet d'une bombe...

« Vous m'avez bien dit, commandant, qu'un

pigeon volait à 60 km/h ? Donc il est dix-sept heures... il aura atteint la terre aux environs de vingt et une heures... seulement voilà, à vingt et une heures en cette saison la nuit est tombée. Est-ce que les pigeons peuvent voler la nuit ? »

Les regards qui s'échangent en disent long sur la réponse qui convient à une telle question.

Non ! ces pigeons-là ne volent pas la nuit, et de mémoire d'homme, jamais un pigeon n'a réussi à se poser sur l'eau sans se noyer.

Le lendemain matin, comme chaque jour, au lever du soleil, M. John Herklay, boulanger de son métier, une fois sa fournée faite, rend visite à ses pigeons. Colombophile émérite, il possède une bonne cinquantaine de pigeons voyageurs. Tandis qu'il parle et flatte tour à tour chacun de ses pensionnaires ailés, son attention est attirée par le bruit caractéristique d'un pigeon qui se pose sur l'aire d'arrivée, au retour d'une course lointaine.

Au battement des ailes, M. Herklay sait que l'oiseau est très fatigué. De fait, l'arrivant a les plumes des ailes et du ventre collées par du mazout. Le boulanger prend l'animal et ouvre l'étui attaché à sa patte. A sa grande surprise, le papier qu'il contient est vierge. « Cela ne présage rien de bon », pense M. Herklay en emmenant l'oiseau pour le nettoyer.

Ce pigeon est l'un de ceux qu'il a confiés aux aviateurs de la base voisine et l'absence de message indique que l'avion a dû exploser avant que l'équipage n'ait eu le temps d'inscrire sa position sur le papier.

Alerté, le lieutenant Mossel, chargé de la répartition des pigeons, n'a aucun mal à identifier la provenance du volatile. Il était à bord du *Beaufort* porté manquant la veille et qu'un hydravion a vainement recherché une partie de la nuit.

Sachant que ce pigeon ne vole pas la nuit et que celui-ci est arrivé deux heures après le lever du soleil, la base va organiser des recherches en conséquence.

A ce moment précis, là-bas sur la mer, les quatre naufragés du ciel sortent de la torpeur glacée dans laquelle ils viennent de passer la nuit.

Le commandant William a donné l'ordre de se frictionner les uns les autres. Le froid est vif, il a neigé une partie de la nuit et si les secours ne viennent pas dans la journée, leurs chances de passer une deuxième nuit sont pratiquement nulles. Mais de cela, bien sûr, le commandant ne parle pas.

Au contraire, il imagine à voix haute le départ des camarades, là-bas, sur le terrain.

« Contact... start ! »

De fait, à 250 kilomètres de là, six *Beaufort* prennent leur envol pour quadriller la mer. Mais dans un rayon de 150 kilomètres seulement...

A la base, le lieutenant Mossel a bondi dans une jeep, il va rejoindre John Herklay le colombophile, une idée floue flotte dans sa tête...

« Vous avez bien dit que le pigeon était tout souillé de mazout, n'est-ce pas... alors comment expliquez-vous cela ? »

Le boulanger marque un temps de réflexion et explique que sans doute l'explosion de l'appareil au contact de l'eau a dû projeter du mazout sur l'oiseau, mais le lieutenant l'interrompt d'un geste.

« Un avion n'utilise pas de mazout ! »

Devant cette évidence, M. Herklay s'embarrasse dans une histoire de nappe de mazout flottant sur la mer. Mais le lieutenant Mossel ne l'écoute plus. Il formule à voix haute une idée qui vient, tout à coup, de se préciser dans son esprit.

124

« Et si le pigeon avait passé la nuit sur un pétrolier ? »

Hé ! oui, pourquoi pas ?... Voyant le jour baisser le pigeon commence sa descente vers la mer ; son instinct l'avertissant du danger que représente l'élément liquide l'empêche de se poser. C'est alors qu'il perçoit la masse sombre du pétrolier, il prend pied sur le pont souillé de mazout, il y passe tranquillement la nuit et repart au petit jour.

« Mais alors, conclut le lieutenant, cela rallonge singulièrement le rayon d'action des recherches... 200 kilomètres, peut-être davantage... »

Plus le lieutenant Mossel se rapproche de la base, plus il est certain que cette éventualité est la bonne. Seulement, pour faire partager cette idée à ses chefs, il faudrait une preuve.

Le pétrolier ! Il faut savoir si un pétrolier naviguait cette nuit dans la zone et le situer très exactement, c'est la seule preuve tangible.

Les heures ont passé. Là-bas sur la mer, les quatre hommes sont tombés dans un engourdissement fatal. Le froid s'est infiltré goutte à goutte dans leurs membres. Il est à présent quinze heures et le vent se lève. Le canot escalade les vagues dont la crête se frange d'écume. Dans quelques heures, la nuit va tomber et ce sera la mort. Oh ! elle sera douce. Il paraît que la mort par le froid n'est pas douloureuse, on s'endort voilà tout.

Tout à coup, William redresse la tête et tend l'oreille, on dirait un bourdonnement lointain ! Un avion ? Serait-ce possible ?

Non ! Ses camarades n'ont pas bougé. A force d'espérer un avion on finit par l'entendre. Mais... voici que le copilote, lui aussi, lève la tête.

« Vous entendez ? »

Cette fois, le doute n'est plus possible, un avion

approche. Malgré le froid qui leur cloue les jambes, les quatre naufragés se sont dressés dans le canot... Là-bas, au ras des flots, un avion arrive droit sur eux.

« Il nous a vus ! »

De fait, l'avion effectue un grand virage, revient sur eux et jette un sac étanche dans lequel les naufragés trouveront du rhum, du chocolat, de l'eau, des cigarettes, et des fusées.

Deux heures plus tard, une vedette vient mettre un terme à leur cauchemar, la tragédie est finie...

De retour à la base, après avoir reçu l'accueil que l'on imagine de la part de leurs camarades, les quatre hommes s'apprêtent à passer la nuit à l'infirmerie. C'est alors que le lieutenant Mossel s'approche d'eux, un pigeon blotti entre ses mains.

« Messieurs, voici votre sauveur. »

Tandis qu'ils caressent, non sans une certaine émotion, leur sauveteur, le lieutenant leur demande la raison pour laquelle ils n'ont pas écrit de message sur la feuille qui était dans la capsule.

Après avoir fait répéter la question tant sa surprise est grande, William prend à témoin ses camarades...

« Mais, il y avait un message... c'est moi-même qui l'ai écrit.

— Absolument pas, dit Mossel, je l'ai vu, je suis affirmatif.

— Alors il aura été effacé par l'eau de mer.

— Cela m'étonnerait beaucoup, le papier était parfaitement sec. »

Comme il n'est plus l'heure d'entamer une polémique sur un tel sujet, William conclut en disant que l'essentiel c'était que Max ait réussi à revenir à son pigeonnier.

« Max ? vous êtes sûr que c'était Max ? »

Le commandant prend à nouveau ses camarades à témoin : il a vérifié devant eux, c'était bien le matricule 813, celui de Max.

« Et l'autre, Winkie ? » demande Mossel.

William explique que l'autre pigeon a dû couler avec l'avion, car personne ne l'a revu.

Alors, le lieutenant Mossel retourne doucement sur le dos l'oiseau qu'il tient dans ses mains et tirant avec précaution sur sa patte encore souillée de mazout, déplie le matricule qui s'y trouve attaché...

« Regardez, c'est le 1009. »

Les quatre hommes durent se rendre à l'évidence. Max le pigeon qu'ils avaient forcé à partir n'était jamais arrivé à destination. Au moment du choc, la cage du deuxième pigeon avait dû s'ouvrir et c'est lui qui s'était envolé sans que personne n'y prête attention. Ce n'était pas Max, mais Winkie qui avait passé la nuit sur le pétrolier et qui les avait sauvés tous les quatre. Winkie ne regagna jamais son pigeonnier. Il resta à la base comme fétiche et y mourut de sa belle mort à l'âge de treize ans.

Aujourd'hui, on peut le voir, naturalisé, au musée de Dundee. A côté de lui, on peut lire cette citation, épinglée sur un petit socle de velours rouge :

Winkie, pigeon voyageur, a fait preuve d'une endurance exceptionnelle au cours d'une mission en mer du Nord, sauvant ainsi quatre aviateurs de la R.A.F.

A côté de la citation, se trouve la médaille du Dickin Award, ce qui correspond, pour les animaux, à la plus haute distinction qu'un militaire britannique puisse recevoir : la Victoria Cross.

PORTRAIT D'UNE SOCIOLOGUE

CHRISTIAN HOUSSARD n'habite pas Harlem et pourtant il est noir. Christian Houssard ne s'appelle pas Christian Houssard; dans l'existence, il se fait appeler Charles Benber. Donc, Charles Benber vit avec sa mère dans un quartier blanc de Washington, parce que sa mère est blanche. Et s'il a changé de nom, c'est qu'il a eu quelques ennuis avec la police, au Mexique, au Canada, et dans quelques Etats de l'Union.

Il ne peut pas s'empêcher de voler de temps en temps. Voler et mentir. A vingt-cinq ans, il raisonne comme un adolescent de quinze ans. Ce jour de 1974, Charles Benber rentre chez sa mère à quatre pattes. Pour elle, il s'appelle toujours Christian, elle ne sait rien de ses ennuis, car son fils lui ment sans arrêt, et elle le croit. Sa longue silhouette noire et svelte est pliée en deux sous la douleur, et la mère s'affole :

« Qu'est-ce qu'il y a, Chris ? Qu'est-ce que tu as ?

— C'est rien, m'man, c'est rien, une idiotie. Un type énervé qui voulait se garer à ma place, il m'a boxé.

— Mais tu es tout pâle, il t'a blessé gravement !

— Mais non, m'man, un coup à l'estomac, c'est rien. Je te jure.

— Je vais appeler un médecin ! »

Au mot de médecin, le fils se redresse tant bien que mal et affronte sa mère avec une violence soudaine.

« Maman, j'ai dit que non! Ce n'est rien! Tu arrêtes ton cinéma oui? Tu me fous la paix? Je me suis bagarré avec un type, et c'est tout, t'as compris? »

Mme Vve Houssard regarde ce fils beau et noir comme l'encre, qui n'a plus de père, qui lui en veut d'être blanche alors qu'il est noir, qui lui en veut de travailler alors qu'il est chômeur, qui lui en veut de sa tendresse, alors qu'il la déteste! Elle le regarde, baisse les bras, abandonne la lutte comme d'habitude depuis vingt-cinq ans, et dit :

« Comme tu voudras, Chris. Comme tu voudras. »

Si elle savait, cette mère, que son asocial et voleur de fils a rencontré ce soir-là une sociologue et qu'il l'a tuée, elle se ferait plus que du souci.

Mais elle ne sait pas. Et au fond, que Christian lui mente, ça l'arrange, puisqu'elle ne veut pas savoir. Le problème est que son fils a rencontré une sociologue, qu'il l'a tuée et que cette fois, il aura du mal à se justifier.

Christian Houssard s'est couché, il a claqué la porte de sa chambre, et il ne dira rien pendant trois jours. Il mentira jusqu'à la dernière limite, jusqu'à ses dernières forces. Il croit que tout peut s'arranger, même une balle dans les côtes. Et pendant qu'il surnage entre deux comas, sa mère travaille, et regarde la télévision. Chacun mène sa vie en dehors de l'autre, c'est une habitude. La mère dans un coin, le fils dans un coin; une sorte d'apartheid familial.

Mais le fils ne s'est pas bagarré avec un automobiliste. Il a rencontré Pat Alison, sociologue, belle, riche et blanche.

Ce matin de 1974, Pat Alison était encore en vie, et elle en remerciait le Ciel comme presque tous les matins.

Une histoire bête avait failli la tuer, à trente ans : une rencontre avec un chien enragé a montré à Pat la mort de près. La maladie a fini par céder, mais tous les matins Pat prend des médicaments pour éviter une rechute et tous les matins elle remercie le ciel d'être en vie. Elle a raté deux mariages, mais elle est en vie. Et seuls les êtres qui ont frôlé la mort de près, connaissent la vraie valeur de la vie.

Comment décrire cette femme qui va mourir le soir même d'une balle en plein visage ? Physiquement, c'est facile : belle, brune, des yeux verts, et un front intelligent.

Pour le reste, la journée qui précède sa mort, la représente assez bien finalement. Pat est donc sociologue et s'occupe beaucoup des problèmes de racisme, beaucoup de la Ligue des Droits de l'Homme, beaucoup des pauvres et des chômeurs.

Rien ne l'y oblige, car elle est riche de naissance.

Par exemple, ce matin, avant de prendre l'avion au retour d'un congrès, Pat traversait l'aérogare de Seattle... A quelques mètres d'elle, un jeune soldat reniflait, les larmes aux yeux. Les voyageurs le bousculaient sans le voir et Pat s'est arrêtée.

« Qu'est-ce qu'il y a ? Vous avez des ennuis ? »

En reniflant toujours, le gamin en uniforme lui a raconté qu'il ne trouvait pas de place d'avion pour aller à l'enterrement de son frère. Il rentrait du Vietnam et il était perdu, complètement, dans cette ville inconnue.

Pat s'est débrouillée et une demi-heure plus

tard, elle a raté son propre avion, mais le gamin en uniforme avait trouvé une place, lui.

Pat est ainsi, c'est son côté sociologue. Il lui faut toujours se préoccuper des autres. Se mêler de leurs affaires et intervenir dans leur détresse.

Ayant donc raté son avion, Pat ne perd pas deux heures à l'aéroport à attendre le suivant. D'abord, elle téléphone à sa fille Jenie, onze ans, pour la prévenir. Ensuite, elle entreprend une discussion fort intéressante sur la psychologie de masse avec l'un de ses confrères qui lui, est arrivé en retard.

Le confrère l'écoute avec ravissement. Il admire son intelligence, la clarté de son raisonnement, mais il admire tout autant les yeux verts et le joli nez, et la bouche, et le petit menton. De cela, Pat ne s'aperçoit jamais. Elle vit comme si elle avait oublié qu'elle était belle.

Le soir enfin, Pat rentre chez elle vers dix-sept heures. Sa journée a été bien remplie, et elle n'est pas terminée. Pat prépare sa licence d'avocate, ce sera pour elle une possibilité d'aider encore mieux les autres. Il est vingt heures quand elle s'arrête de travailler. 21 h 45 quand elle et sa fille achèvent de dîner. Dans une heure la mère sera morte. Pour l'instant, elles offrent, mère et fille, le tableau d'une tendresse parfaite. D'une beauté parfaite, et d'une tranquillité parfaite.

L'année commence, et nous sommes le 2 janvier. Il fait froid dehors. L'appartement luxueux, douillet, est bien chauffé, le canapé est confortable, Jenie s'est pelotonnée contre sa mère, et elles écoutent de la musique, sans craindre de gêner les voisins, car l'appartement est insonorisé.

Puis l'enfant se lève pour aller se coucher. Pat a fermé toutes les portes et les fenêtres, sauf la baie vitrée qui donne sur le patio. C'est une habitude le soir, de l'ouvrir de quelques centimètres pour laisser passer les chats. Quatre chats persans bleus. Ils vont et viennent par la même ouverture et Pat a glissé en haut de la vitre quelques coussins pour éviter les courants d'air, et maintenir la porte ouverte.

Jenie s'endort dans sa chambre en écoutant sa mère téléphoner à un ami. Puis les lumières s'éteignent. Et il ne reste plus que la lueur d'une pâle lampe de chevet dans la chambre de Pat. Tout est quiétude, sommeil, bonheur...

Un courant d'air froid et glacial bouscule cet univers douillet, lorsque Christian Houssard, dit Charles Benber, y pénètre comme un chat, sauvage celui-là, profitant du passage réservé aux autres. A ce moment-là, Charles Benber n'a pas forcément envie de tuer quelqu'un. Il vient voler tout simplement. Mais voler une sociologue comme Pat et sa fille Jenie, ce n'est pas si simple. Il est pauvre, elles sont riches, il est noir, elles sont blanches, il est asocial, Pat est sociologue.

Jenie, la petite fille de Pat, est dans son premier sommeil, lorsqu'elle entend une voix d'homme dans la chambre de sa mère. Elle se lève et, sur la pointe des pieds, va voir ce qui se passe. La porte est entrouverte, elle ne voit pas l'homme en entier, mais seulement une main gantée, et un ou deux centimètres de peau noire. La main tient un revolver, et la voix est méchante :

« Je veux l'argent. Rien que l'argent, donnez-le-moi et dépêchez-vous ! »

Calmement la voix de Pat répond :

« Je n'ai pas d'argent ici aujourd'hui, pourquoi en voulez-vous ? Vous êtes dans la misère ? Vous êtes au chômage ? Non ? Pourquoi entrer chez les gens une arme à la main pour les voler ? »

Charles a horreur des discussions, il n'aime pas

132

qu'on lui demande pourquoi il est méchant, voleur et menteur. Dès que sa mère, par exemple, essaie de le mettre en face de ses responsabilités et de ses actes, il entre dans une violente colère et c'est le cas !

« Vos discours, j'en ai rien à foutre ! J'ai demandé l'argent. Je veux l'argent et c'est tout, vous n'allez pas vous payer ma tête, non mais sans blague ! Le fric j'ai dit ! Et tout de suite ! Vous avez vu mon flingue ? Oui ! Alors, dépêche-toi, ma belle, le fric, allez ! »

Mais Pat répète tranquillement :

« Je n'ai pas d'argent ici ce soir, je suis désolée. »

Derrière la porte, Jenie, le cœur battant, se décide à entrer et le voleur fait un bond de surprise :

« Qu'est-ce que c'est, qu'est-ce que tu veux toi ? Tu sais où est l'argent ? »

Et il promène son revolver sous le nez de l'enfant. Mais Pat intervient :

« Jenie, reste calme et n'aie pas peur. »

L'enfant ressemble à sa mère. Du moins, elle affiche la même tranquillité :

« Je n'ai pas peur, maman, j'ai de l'argent, s'il veut. »

Charles aboie littéralement, et sa voix d'enfant mal élevé contraste avec le ton adulte et serein de la petite fille :

« Où ça ?

— Dans ma tirelire, monsieur...

— Combien y a-t-il dedans ?

— Je ne me rappelle pas exactement, entre treize et vingt dollars. »

Le voleur disparaît dans la chambre de l'enfant et revient avec un petit cochon tirelire. Son air furieux n'impressionne pas l'enfant.

« Ouvre-le! et coupe les fils du téléphone »,
ordonne Charles.

Jenie ouvre la tirelire, et coupe la ligne sans protester ni pleurer. A onze ans, elle a le calme de sa
mère, face aux situations les plus invraisemblables.

Mais Pat, bien que calme elle aussi, et ne crai-
gnant guère pour elle, craint pour sa fille. Si cet
individu qui fouille dans les tiroirs allait s'aviser
de s'attaquer à l'enfant pour la faire parler : elle
doit faire quelque chose, tenter d'isoler Jenie.

« Jenie, mon poussin, tu vas dans la salle de
bain maintenant, et tu fermes la porte à clef de
ton côté. Moi je reste avec ce monsieur, c'est une
affaire de grandes personnes.

— Bien, maman. »

Jenie va vers la salle de bain, et le voleur ne
proteste pas, occupé à fouiller maladroitement
les meubles de la chambre. En s'en allant, Jenie a
le temps de voir sa mère, glisser la main sous le
traversin, là où il y a toujours un revolver, depuis
qu'il n'y a plus d'homme dans la maison.

Toujours calme, Jenie ferme la porte de la salle
de bain avec un petit sourire tremblant à
l'adresse de sa mère. Elle tourne la clef, elle est à
l'abri. C'est ce que voulait sa mère à toute force. A
présent, elle a glissé le revolver dans les plis de sa
chemise de nuit, et s'assoit dans un fauteuil. De
derrière la porte de la salle de bain, Jenie entend
la voix de sa mère :

« Ecoutez, mon garçon, votre attitude est stupide. Vous devez me croire si je vous dis qu'il n'y
a pas d'argent ici. Je règle tout par chèques ou
cartes de crédit! Si j'en avais, d'ailleurs, je vous le
donnerais. Mais je voudrais savoir pourquoi vous
volez. Vous avez l'air intelligent, vos mains ne
sont pas celles d'une brute, alors posez ce revolver et discutons de tout ça. »

134

Benber, le voleur, ne répond pas.

« Ecoutez, si vous voulez que nous parlions un peu, nous pouvons le faire l'arme à la main, mais le dialogue ne sera pas le même, la preuve, vous êtes bloqué. Le simple fait de porter un revolver vous sert de langage, n'est-ce pas ? C'est ça ?

— Qu'est-ce que ça peut vous faire ? Foutez-moi la paix avec vos discours à la noix. Le fric, c'est tout ce qui m'intéresse. Ça vous suffit ?

— Parfait. Si vous voulez parler avec un revolver à la main, parlons avec un revolver à la main.

— Vous oubliez que c'est moi qui l'ai le flingue.

— Pas du tout, j'en ai un aussi. »

Charles Benber se retourne surpris, et aperçoit dans la main délicate de Pat Alison, un calibre 22, à crosse blanche.

Derrière la porte, Jenie n'entend plus rien. Les deux adversaires s'observent sûrement. Sa mère, toute blanche avec un petit revolver, et l'autre tout noir avec son « flingue » comme il dit. Jenie se mord les lèvres, mais le silence dure. Puis elle entend des sons bizarres et le bruit étouffé des coups de revolver. Mais elle ne bouge toujours pas. Si sa mère a gagné, elle viendra lui ouvrir. Si c'est l'autre qui a gagné, il faut attendre qu'il disparaisse autrement il la tuerait aussi. Alors Jenie attend un quart d'heure derrière la porte. Puis elle se décide à l'ouvrir la gorge serrée. Sa mère est étendue sur le sol, près du lit, la tête noyée de sang.

Alors Jenie court vers le bureau où se trouve un autre téléphone et appelle Police-Secours.

« Venez vite, je vous en prie, ma mère est blessée. »

Blessée ? Non, morte. Paralysée par une balle, entrée à hauteur du nez, et morte en quelques minutes.

Elle a tiré elle-même deux fois, peut-être en

même temps que son assassin, et elle a dû le blesser, car il y a du sang jusqu'à la porte-fenêtre, un sang qui n'est pas à elle.

Dehors, le voleur a abandonné dans sa fuite un poste de télévision portatif et deux ou trois bricoles sans importance.

A l'arrivée de la police, et à ce moment-là seulement, Jenie fait une crise de nerfs. On vient de lui dire que sa mère est morte. Or, le peu qu'elle a vu de l'assassin ne permet pas de l'identifier. Des gants orange sur des mains noires, une longue silhouette et un visage, que Jenie ne sait pas, ne peut pas décrire. Elle a eu si peur finalement, qu'elle n'a vu que deux yeux furieux et méchants.

Les policiers s'affairent dans l'appartement immense et si bien insonorisé que personne n'a entendu les coups de feu chez les voisins. Les traces laissées par l'assassin sont maigres. Quelques taches de boue sur la moquette, des traces de sang sur la bibliothèque. Les chiens policiers ne retrouvent pas la piste au-delà de quelques centaines de mètres. L'assassin a dû fuir en voiture.

Et Jenie raconte ce qu'elle a vu aux policiers : sa mère prenant l'arme, et elle, enfermée dans la salle de bain. L'enfant est supérieurement intelligente, trop même pour son âge, et la crise de nerfs passée, elle raconte calmement. Puis donne sa conclusion :

« Je suis désolée, monsieur, je n'ai pas observé le visage de l'homme. Je regardais trop ma mère, elle voulait me protéger à tout prix, c'est pourquoi elle s'est mise à discuter avec ce garçon. Il ne voulait peut-être pas la tuer. Si elle n'avait pas discuté et sorti son revolver, il ne l'aurait peut-être pas tuée. Moi je ne pouvais qu'obéir, n'est-ce pas ? Elle voulait que j'aille dans la salle de bain et que je m'y enferme ; je l'ai fait, parce que j'ai l'habitude d'obéir. Mais... je le regrette. J'aurais pu mourir avec elle, peut-être... »

Il est trois heures du matin. On emporte le corps de Pat Alison, et l'on confie l'enfant à des voisins.

Pendant ce temps, Christian Houssard, alias Charles Benber, l'assassin, rentre chez sa mère à quatre pattes, et s'enferme dans sa chambre. Le dialogue qui s'engage alors entre eux n'est pas celui d'une mère et de son fils, mais de deux individus, différents, deux races qui s'affontent : la mère blanche, le fils noir !

Le 3 janvier, le lendemain de la mort de Pat Alison, son assassin souffre mille morts, seul dans son lit. Pat a tiré deux fois sur lui et les deux balles l'ont atteint. L'une au bras, mais elle est ressortie, l'autre en plein dans les côtes. Il ne peut plus respirer.

Le 4 janvier, il crache du sang et dissimule son drap taché, lorsque sa mère veut entrer. Ils se disputent, le fils consent à ouvrir la porte, et la mère le traite de fainéant en le voyant au lit...

« Je suis malade, dit-il, fous-moi la paix !

— Qu'est-ce que tu as ?

— La fièvre, j'ai pris froid.

— J'appelle le médecin...

— J'ai dit non ! Fous-moi le camp, donne-moi à boire, c'est tout !

— Chris, tu es allé faire des bêtises, dis-le-moi, je t'en prie !

— Mais non, je n'ai pas fait de bêtises. Je te dis que j'ai pris froid, plus la bagarre de l'autre soir, c'est tout. Tu me crois ? O.K. ? »

La mère cède. Autant par lâcheté que par peur du dialogue.

« Je te crois, O.K. »

La deuxième, puis la troisième journée, Christian Houssard les passe à boire de l'alcool dans son lit, pour ne plus souffrir. Le soir du troisième jour, sa mère vient quand même voir comment il va. Et il va mal, il est dans le coma, le lit est inondé de sang. Alors elle s'affole, enfin.

C'est en trouvant une balle dans son poumon droit, que le médecin prévient la police. C'est une balle de 22... Or, la police cherche justement quelqu'un blessé d'une balle de 22.

L'identité réelle de Charles Benber ne résiste pas à l'examen des enquêteurs et Christian Houssard a beau prétendre qu'il s'agit d'une bagarre de rue, on perquisitionne chez lui. Or, chez lui, il y a un gant orange, et devant la maison, une voiture volée. L'analyse du sang est positive, il s'agit bien du même sang trouvé chez la victime. Les tests balistiques sont probants, Charles est l'assassin de Pat Alison, et l'enfant elle-même le reconnaît avec horreur, sur son lit d'hôpital.

Mais l'assassin ne parle pas, l'assassin lutte pour vivre. Un chirurgien a réparé son diaphragme, raccommodé une artère et ôté la moitié d'un poumon que l'hémorragie avait envahi. Il est indisponible pour tout interrogatoire pendant plusieurs semaines. Et lorsque enfin, la vie reprend le dessus et qu'il ouvre les yeux, c'est pour fermer la bouche. Il ne parlera pas. Il ne connaît pas de Pat Alison, il n'est jamais allé là-bas, il n'a jamais vu cette enfant.

Et il continuera de mentir jusqu'à sa condamnation à mort contre toute évidence. Et qui le croira ? Seule, contre toute évidence ? Sa mère.

PAR LE PETIT BOUT
DE L'AVENTURE

Dans les petites annonces d'un journal anglais réservées aux messages personnels, Edwin Cob vient de lire ceci : *Sirène. Je suis enfin rentré. Prière entrer en contact. Signé : Ouragan.*

Edwin Cob a dix-sept ans. Il s'ennuie derrière son bureau à réviser ses examens de mathématiques. Par la fenêtre de sa chambre, il aperçoit la mer.

« Sirène... Ouragan est enfin rentré. » Edwin se met à rêver. Un jour une sirène rencontra un ouragan, c'était, sur l'océan furieux, la sirène chantait et l'ouragan grondait, que se passa-t-il ?

Sirène était une femme, Ouragan un homme, et ils ne se sont pas vus depuis longtemps. Edwin a beau torturer son imagination, inventer toutes sortes de scénarios, il est loin de la réalité. Et comme il adore explorer les petites annonces, quelques jours plus tard, il retrouve le message. Plus pressant cette fois.

Sirène. Je suis rentré avec fortune de mer. Contact urgent. Signé : Ouragan.

Ouragan a fait fortune. Ouragan est revenu chercher Sirène.

Quelle belle histoire d'amour et d'aventure.

Les examens du jeune Edwin Cob vont s'en ressentir. Mais tant pis, il préfère la poésie et le mystère aux mathématiques et à la logique et il va être servi.

A présent, Edwin lit chaque jour la colonne des petites annonces, comme si sa vie en dépendait. Il attend la réponse. Il se met à la place d'Ouragan. Et chaque jour qui passe sans apporter de réponse est un jour sans joie.

Ouragan lance un troisième message, puis un quatrième. Tout le mois de mars s'est écoulé, avril et le printemps cognent aux fenêtres des maisons, la mer est passée du gris au bleu, et Sirène ne répond toujours pas. Alors le cinquième message se fait menaçant.

Ouragan à Sirène : Si vous ne répondez pas, je publierai l'histoire de nos quatorze semaines et de Typhon.

Quatorze semaines... l'aventure entre Sirène et Ouragan a donc duré quatorze semaines et il y avait un témoin, un autre participant : Typhon.

Edwin Cob se passionne pour ce nouveau personnage. Aucun doute, tous ces noms de mer font penser à des naufragés. Ouragan et Typhon étaient deux hommes, Sirène, une femme. Quel drame les a secoués ? Pourquoi se sont-ils perdus de vue, pourquoi se cherchent-ils avec cette prudence et en usant de noms de code. Et surtout pourquoi Sirène ne répond-elle pas ?

Edwin Cob va de surprise en surprise, lorsque, le surlendemain de la dernière annonce, deux nouveaux messages viennent compliquer le mystère...

Typhon à Ouragan. Laissez Sirène tranquille. Qu'elle se tienne à l'écart de cette affaire.

Et un peu plus bas :

Sirène à Ouragan : Si j'accepte de vous rencontrer, vous tiendrez-vous tranquille ?

Le lendemain, Ouragan répond simultanément à Typhon de se mêler de ses affaires et à Sirène, qu'il l'attend sur la Place du Marché. Quel marché ? Où ? Dans quelle ville ?...

Edwin Cob donnerait n'importe quoi pour assister à la rencontre.

Il l'imagine, il joue tour à tour le rôle de Sirène, puis celui de Typhon, et celui d'Ouragan. Dans son imagination, ces trois personnages se sont rencontrés sur une île déserte. Typhon et Ouragan étaient amoureux de Sirène et ils ont trouvé un trésor, pourquoi pas ? Mais les rêves n'expliquent pas le drame. Qui a peur de qui, et pourquoi ?

D'ailleurs, Edwin se trompe. Sirène n'a pas vu Ouragan puisque ce dernier fait passer un nouveau message :

Sirène, je ne vous ai pas vue au marché, pourquoi ?

Réponse de Sirène le lendemain :

Ouragan, je vous ai vu, oubliez-moi...

Et plus rien. Des colonnes vides, des petites annonces stupides, et sans mystère. Sirène, Ouragan, Typhon ont disparu. Edwin Cob passe ses examens, les rate, invente, réinvente cent fois l'histoire de ces trois inconnus, en épluchant le journal sans résultat.

Alors, Edwin Cob se décide. Et pour qu'il se décide, il faut que Sirène, Typhon et Ouragan soient plus forts que sa timidité maladive.

Edwin est un garçon maigre et silencieux, sans frère ni sœur ni amis, doté d'un père voyageur et d'une mère indifférente.

Sa vie est terne, sans amour et sans ambition. Sa seule aventure, c'est le spectacle de la mer, au-delà de sa fenêtre... et les rêves qu'elle trans-porte.

Alors, il se décide. Et le lendemain, Edwin Cob lit dans le journal sa propre annonce :

Sirène à Ouragan. Je vous attendrai le 28 à seize heures. Train 603, voiture 17. Plymouth-gare.

Le 28, c'est dans trois jours. Le lendemain Edwin Cob voit surgir deux messages dont la seule lecture lui donne le frisson de l'aventure. Ouragan répond :

J'y serai... Mais Typhon qui semble toujours veiller au grain, menace :

Ouragan et Sirène, si vous rompez le pacte, je ne réponds de rien.

Donc il y avait un pacte...

Le 28, en gare de Plymouth, Edwin ronge ses ongles sur un banc. Il a beau se répéter qu'il ne risque rien puisque personne ne le connaît, il a peur. Ce qu'il a fait est peut-être dangereux. Il n'avait pas le droit de se mêler des affaires des autres, d'autant plus que Sirène s'est manifestée dans le journal du matin, affolée :

Sirène n'a pas signé le rendez-vous. Méfiez-vous de n° 4.

Etrange. Elle aurait pu dire que le message n'était pas d'elle, et qu'elle ne viendrait pas. Au lieu de ça, elle dit n'avoir pas signé, et recom-mande de se méfier d'un n° 4. Un quatrième per-sonnage donc et qui, lui, n'est pas désigné d'un nom poétique comme les autres...

A 15 h 30, Edwin rôde sur le quai, les mains dans les poches et les yeux aux aguets. S'il a choisi ce train, c'est qu'il le connaît. Il se forme longtemps avant de partir pour Londres. Et beau-coup de voyageurs s'y installent à l'avance.

La voiture 17 est en queue de train, vide. Peut-être sont-ils là malgré tout ? Tous les trois ou tous les quatre, ou bien Ouragan tout seul ? C'est lui le plus obstiné.

Voyons, qui pourrait être Ouragan ? Cet homme chauve, là-bas ? Ce gros avec parapluie ? Impossible, peut-être ce personnage en veston clair, qui tourne le dos... Non...

Le voilà ! Ouragan porte bien son nom : il marche vite, il court presque, il vient de descendre d'un autre train sûrement car il traverse les voies, sans se préoccuper du passage souterrain. Il remonte le train au pas de course jusqu'à la voiture 17.

Un bref regard autour de lui, et il grimpe dans le wagon. Edwin Cob le voit faire tous les compartiments sans reprendre son souffle, puis redescendre, et faire les cent pas sur le quai, en examinant chaque voyageur. C'est un homme qui approche de la quarantaine. Assez grand, fort, nanti d'une chevelure noire abondante et de deux yeux perçants. Il semble élégant, et sûr de lui.

Edwin, tout à coup, sent ses jambes trembler sous lui. Ouragan s'est approché du banc, s'y assoit, et tout à coup lui demande :

« Dis-moi, garçon, tu n'as vu personne attendre ici ? Une dame ?

— Je ne sais pas monsieur. »

Edwin a tant rougi ou pâli, il ne sait, que la salive lui manque et sa voix tremble quand il ajoute :

« Une dame comment ?

— Une dame brune, grande.

— Je n'ai rien vu, monsieur. »

Mais Ouragan l'entend à peine, il regarde sa montre : 18 h 15. Il refait les cent pas, remonte dans le compartiment, en redescend, fait tout le train sur toute sa longueur, regarde à nouveau sa montre : 18 h 30.

À 18 h 37, le train de Londres s'ébranle, personne n'est venu, et Ouragan s'éloigne comme à regret, en regardant autour de lui. Sa déception paraît cruelle.

Edwin Cob sent une grosse boule lui nouer la gorge. Il s'en veut, mais il s'en veut ! Et il a si peur de ce qu'il va faire. Si peur qu'il court comme un dératé pour ne pas réfléchir.

« Monsieur, monsieur ! écoutez-moi, c'est ma faute, c'est moi qui ai passé le message, elle ne viendra pas, elle l'a dit dans le journal, vous ne l'avez pas lu ? Croyez-moi, monsieur, je voulais tant vous aider, je voulais savoir... je... »

Edwin Cob a pris une claque. Et la tête lui a tourné. Pendant quelques minutes, il a perdu la notion des réalités, puis s'est retrouvé assis sur un banc, avec l'homme à ses côtés qui repoussait les curieux :

« Ce n'est rien... allons ce n'est rien... c'est un ami, il a eu un malaise ! »

Les gens sont partis, et Ouragan a regardé Edwin dans les yeux...

« Raconte ! »

C'était un ordre. Edwin a raconté le mystère des messages, les rêves et tout ce qu'il avait imaginé. Il s'attendait vaguement à recevoir une autre claque...

Ouragan a réfléchi quelques instants, puis lui a tapoté l'épaule.

« Écoute, garçon. Ce n'est pas une histoire pour toi. Il y avait un radeau, trois hommes, une femme et une fortune. C'était pendant la guerre, en 1943, bien loin des côtes d'Angleterre, cela s'est mal terminé, alors oublie tout ça. »

Edwin allait le supplier de raconter la suite. Qui a eu la fortune ? Lequel a emmené Sirène ? Qui est n° 4 ? Mais Ouragan était déjà parti au pas

144

de course, Edwin était seul, tremblant et tout bête sur son banc. Le quai était désert. Le rêve fini. Il ne saurait jamais rien d'autre, et nous non plus.

Quelques jours plus tard, dans le journal, Edwin a lu : *Ouragan à tous les autres. Salut et adieu, je ne romprai pas le pacte.*

Mais rien pour lui. Rien pour Edwin Cob, qui ne faisait pas partie de l'aventure à moins que ce : « à tous les autres » le mette dans le secret lui aussi.

D'habitude Ouragan mettait : Sirène et Typhon.

A tous les autres, cela voulait peut-être dire : Sirène, Typhon, n° 4, et Edwin Cob... On peut rêver...

LE PIÈGE INFERNAL

Le 24 octobre 1965, Mlle Marthe arrive très tôt dans sa boutique de fleuriste. Elle a fait le chemin à pied comme d'habitude, depuis sa maison. Une dure journée commence. Fleurs blanches et roses le matin, pour un mariage, fleurs rouges l'après-midi pour un enterrement. Et il manque une vendeuse. Vers sept heures du soir, alors qu'elle s'apprête à fermer boutique, les doigts gourds d'avoir piqué et tortillé des couronnes et des corbeilles toute la journée, un homme se présente. Il supplie Mlle Marthe de le dépanner.

Il était invité à un dîner très important, auquel il ne peut se rendre. Or, il a complètement oublié de faire porter des fleurs à la maîtresse de maison avec ses excuses. S'il ne fait pas cela, il passera pour un mufle, pire, il risque sa carrière.

Mlle Marthe commence par refuser. Elle n'a pas de livreur à cette heure-ci, elle est en train de fermer, d'ailleurs, elle n'a plus grand-chose en fleurs.

Mais l'homme insiste, il désigne un coffret d'orchidées, et sort des billets.

C'est cher les orchidées. On n'en vend pas tous les jours, surtout en coffret de douze. Alors Mlle Marthe cède, encaisse, prend l'adresse, et se résigne; elle ira livrer elle-même, tant pis. L'homme laisse un bon pourboire et se sauve. Mlle Marthe aurait dû écouter la petite voix qui disait non, au fond d'elle-même. Elle s'en veut d'avoir accepté, elle n'a vraiment pas envie d'aller au 357 Mighlay Street. Pas du tout... Fatigue ou pressentiment ? Car au 357 Mighlay Street, Mlle Marthe va vivre la nuit la plus infernale de sa vie.

C'est un quartier chic et ultra-moderne : des immeubles, de grandes allées de béton, des jardins de gravier et de plantes exotiques, des jets d'eau, des portes électriques en verre, des couloirs immenses et des nuées de boîtes aux lettres.

Au 357 Mighlay Street, allée 12, immeuble B, il n'y a personne dans la loge du gardien. Il devrait pourtant être là, car c'est allumé chez lui. La liste des locataires ressemble à un planning d'aérogare. La minuterie du hall s'éteint toutes les minutes et demie, et Mlle Marthe cherche un nom parmi 140 autres. Cinq appartements à l'étage, 28 étages, donc 140 noms. Où est le gardien ? Ce serait simple de lui laisser la boîte, et de prévenir de la livraison par le téléphone intérieur. Et cette minuterie qui ne cesse d'éteindre la lumière du hall, comme un jeu stupide !

Un vague malaise s'empare de Marthe, un malaise qu'elle connaît bien : des murs, des plafonds trop bas, une lumière artificielle, Dieu qu'elle n'aime pas ça ! Il faut être fou pour habiter dans des petites boîtes pareilles !

Mlle Marthe est claustrophobe. Pour rien au monde, elle ne vivrait là. Enfin elle trouve le nom : COURTNEY « notaire », M. et Mme. Porte C,

28ᵉ étage! 28ᵉ étage? Quelle horreur! Mais où est le gardien?

Marthe est bien obligée d'admettre que le gardien est introuvable. Elle crie : « Il y a quelqu'un? » Dix minutes passent.

Le hall désert résonne de la voix de Marthe, qui s'escrime à faire « ouh ouh! » sans résultat. Car elle refuse de prendre l'ascenseur. Elle a une terreur bleue des ascenseurs. Alors, ne voyant venir personne, Marthe cherche la porte de secours, la trouve, et constate qu'elle est bouclée. Cette fois, elle est prise au piège, il ne lui reste que l'ascenseur.

Or, la porte n'est pas fermée en réalité, seulement coincée, car elle ne sert jamais, mais Marthe ne s'en rend pas compte. Il y a bien vingt minutes qu'elle cherche, et le gardien n'est toujours pas là, personne n'est entré ou sorti, elle se décide : « Si je prenais mon courage à deux mains? Je prends l'ascenseur, tant pis, j'appuie sur le 28ᵉ, je ferme les yeux, je serre les dents et j'y vais... Après tout, je sais très bien qu'il ne peut rien m'arriver, c'est ma peur, uniquement ma peur, je ne vais pas rester là toute la nuit, avec 500 francs d'orchidées à attendre que quelqu'un arrive... »

Après ce petit sermon intérieur, elle se décide : doucement, Marthe ouvre la porte de l'ascenseur « D » et un frisson immédiat lui glace la nuque et lui creuse l'estomac. Elle déteste ça! On dirait un cercueil de luxe, avec moquette, lumière tamisée, et tous ces boutons. Il doit grimper à une allure folle, ou alors très doucement, avec une lenteur épouvantable.

Bien sûr, elle est ridicule, elle le sait, d'ailleurs cette machine est moderne, et n'a aucune raison de tomber en panne, et puis il paraît qu'il y a des freins, que ça n'arrive plus, ces accidents horribles où les cabines se décrochent pour venir s'écraser plus bas, avec les corps disloqués de leurs passagers.

Marthe pénètre dans la cabine, en tenant la porte d'une main. Le 28e étage, c'est là tout en haut, le dernier bouton, le dernier étage. Il n'y a toujours personne, et toujours pas de gardien. Marthe prend sa respiration, lâche la porte qui se referme avec un soupir et approche avec précaution vers le bouton du 28e étage. Jamais elle ne prend l'ascenseur... elle déteste ces engins. Elle ferme les yeux, appuie, n'a même pas le temps de crier. Un sifflement, une chute rapide, et c'est le noir total.

Que s'est-il passé? Pourquoi l'ascenseur est-il descendu? La porte est coincée, plus de lumière! Où est-elle? Dans le sous-sol? Elle ne voit rien! Rien! Où sont les boutons? Elle appuie comme une folle mais rien ne bouge, elle n'entend pas de sonnerie d'alarme. Elle se met à crier maintenant et à taper comme une démente sur les murs de la cabine. L'horrible, l'affreuse sensation de vertige lui fait tourner la tête, sa gorge se serre, elle étouffe, elle ne peut plus crier. Ce noir est affreux, elle est enfermée dans cette boîte, prise au piège infernal, tout vacille, la tête lui tourne, sa nuque raidie semble paralysée tout à coup, et Mlle Marthe se sent mourir. Elle perd connaissance... Plus rien, le silence, il est vingt et une heures.

En bas, dans le sous-sol, le gardien de l'immeuble qui se bat depuis une demi-heure avec le tableau électrique qui commande les ascenseurs, se résigne enfin à abandonner.

Le A, le B et le C fonctionnent, le dernier refuse, tant pis. Il est trop tard pour téléphoner à la compagnie. Il va mettre une pancarte au rez-de-chaussée et bloquer la porte. Mais en arrivant, allons bon! En manipulant les circuits, il a dû la faire descendre, et elle est restée coincée entre le 1er et le 2e sous-sol. On n'y voit rien. Pourvu que personne ne l'ait pris! Le gardien cogne à la vitre du 1er sous-sol, d'où l'on aperçoit le haut de l'ascenseur, mais n'obtient pas de réponse. Si quelqu'un était coincé, il répondrait. Il est 21 h 10. Le gardien accroche une pancarte sur la porte de l'ascenseur D au rez-de-chaussée et va se coucher.

21 h 30. Au 12e étage, un locataire appuie sur le bouton d'appel de l'ascenseur D, constate qu'il ne marche pas, et prend l'autre, pour descendre. Il ne fait pas attention. Il ne peut pas imaginer que le fait d'avoir appelé la cabine « D » au 12e étage a provoqué quelque chose d'étonnant. Le système électrique est apparemment en folie, car la cabine coincée a un sursaut, et se remet à grimper des étages au hasard. Ce bond brutal, et la lumière revenue réveillent Mlle Marthe. Ça y est, ça marche! elle va sortir! sortir! Mais c'était une fausse joie, à nouveau... l'ascenseur se bloque, à nouveau elle est dans le noir, son cœur s'emballe, et Marthe perd à nouveau connaissance, entre le 7e et le 8e étages.

22 h 15. Quelqu'un appuie encore sur le bouton. Nouveau sursaut, nouvelle grimpette, re-lumière, re-noir, et stabilisation entre le 10e et le 11e étages. Le quelqu'un qui appelait du 15e, ne voyant rien venir, change d'ascenseur sans se faire de bile.

22 h 30. Mlle Marthe reprend connaissance, et tâtonne dans le noir, appuie au hasard sur les boutons, et cette fois l'ascenseur fou redescend comme un bolide pour aller s'immobiliser entre le 1e et le 2e sous-sol, comme tout à l'heure et Marthe retombe dans le noir. Pendant une demi-heure, elle essaie tous les boutons, frappe, crie, et

résiste, elle ne sait comment, à l'épouvantable peur qui l'empêche de raisonner. La claustrophobie est une vraie névrose qui empêche toute réflexion saine.

A vingt-trois heures, nouveau sursaut, nouvel éclat de lumière. Marthe remonte d'un trait entre le 7e et le 8e étages... puis c'est le noir à nouveau. Elle frappe de plus belle contre la paroi, mais pas de chance : à ces étages, sur dix appartements, deux seulement sont occupés, mais pas ce soir. Elle a beau crier, cogner. Rien. Alors Marthe se met à pleurer. Assise par terre avec sa boîte d'orchidées.

Elle n'ose plus appuyer sur les boutons à présent, de peur de tomber définitivement et que la cabine se décroche. Elle croit avoir compris que lorsque c'est elle qui appuie sur ces boutons, l'ascenseur descend et se coince au sous-sol, alors que lorsqu'un inconnu appuie sur le bouton d'appel, l'ascenseur monte et se coince n'importe où. Son cerveau électronique est déréglé.

Jusqu'à une heure du matin, l'ascenseur « D » et Mlle Marthe font encore trois voyages. En hauteur, car elle ne touche plus à rien. Elle préfère monter que descendre, cela lui fait moins peur. Mais à chaque fois c'est un nouvel espoir, et elle guette les étages. Si la cabine s'arrêtait par chance devant une porte, elle pourrait sortir, peut-être. Mais tout s'éteint à chaque fois, et à chaque fois elle est coincée entre deux étages. Et à chaque fois elle tambourine, appelle, pleure, et chaque fois personne ne l'entend. Les gens dorment, les moquettes sont épaisses, les appartements insonorisés. De plus, à cette heure tardive, les gens se font rares.

Enfin, c'est la grande nuit. Plus de noctambules, plus de sursauts. Marthe a épuisé toute sa peur, toutes ses larmes. Il est trois heures du matin et la rage la prend. Une rage positive, une rage réfléchie. Pour la première fois, depuis plus de cinq heures qu'elle est enfermée là, il lui vient une idée. Une idée bête, et pas logique du tout, mais puisque cette machine est folle, pourquoi pas une idée folle !

A tâtons, toujours dans le noir, Marthe cherche le dernier bouton du bas et le dernier bouton du haut. Peut-être qu'en appuyant en même temps sur les deux, il va se passer quelque chose ? Puisque ça descend quand elle appuie elle, et que ça monte quand quelqu'un d'autre veut descendre, alors... main gauche sur le deuxième sous-sol, main droite sur le 28e, Marthe respire un grand coup, compte jusqu'à trois, et appuie ! Il y a une secousse légère, un petit bruit bizarre, et la lumière s'allume, s'éteint, se rallume en clignotant. Marthe appuie toujours sur ses deux boutons, le cœur battant. Il y a une sorte de ronflement et la cabine démarre, elle monte, elle monte, elle continue de monter, 17, 20, 21, 24, 25, 27, 28 ! Plof ! elle s'arrête, devant une porte !

Marthe manque d'en perdre la tête. Si je lâche les boutons, se dit-elle, ça recommence, c'est sûr. Alors, d'un pied, elle tâte la porte, la pousse, et constate que ça s'ouvre. De l'autre pied, elle glisse sa boîte d'orchidées, pour coincer la porte, se contorsionne sans lâcher les boutons, met un pied sur le palier, puis l'autre, toujours bras tendus, à quatre-vingt-dix degrés. Un en haut, l'autre en bas. Un coup de rein, un bond, et elle est dehors, sur le palier. La boîte d'orchidées glisse lentement, la porte se referme, et vlan ! l'ascenseur redégringole en chute libre jusqu'au sous-sol, et freine de tous ses circuits hydrauliques, avec un bruit épouvantable. Il était temps ! Une manœuvre de plus, et qui sait ?

A 3 h 05 du matin, le 25 octobre 1965, Marthe a sonné à la porte des Courtney, et leur a tendu sa boîte d'orchidées, d'un air hagard, avant de s'évanouir une dernière fois sur leur luxueux paillasson du 28ᵉ étage !

Une colonie de cafards, de l'ordre des Orthoptères et du genre Blattides (mauvais genre), avait envahi, dévoré, désorganisé, et rendu fou le cerveau électronique qui commandait l'ascenseur D du 357 Mighlay Street...

Il n'y a qu'eux pour arrêter le progrès.

UN DE TROP

« ASSEYEZ-VOUS, je vous prie... »

Le jeune homme hésite un instant, avant de s'enfoncer dans les profondeurs cossues du fauteuil que lui propose Marc Ulmer, puis son regard monte vers le visage grave de son hôte qui le domine maintenant de toute sa condescendance.

« Monsieur Pierre Moulin, il y a dans cette enveloppe tout ce qu'il faut pour gagner mon divorce et priver ainsi cette pauvre Jane de la fortune que je mettais à sa disposition. Votre imprudence, alliée à votre impudence, vous a perdu. Lorsque je vous ai engagé, voici un an, je n'aurais jamais soupçonné une telle trahison, venant d'un jeune homme qui allait tout me devoir. »

Marc Ulmer marque un temps. Il jette un regard appuyé vers le portrait d'une jeune femme au sourire angélique qui trône sur son bureau.

« Vous avez joué et vous avez perdu. L'un de nous est en trop dans cette maison et quand je dis en trop je veux dire que l'un de nous doit disparaître définitivement, autrement dit que l'un de nous doit mourir. »

Marc Ulmer prend une profonde respiration. Le visage de son jeune rival n'a pas sourcillé. « Il est très fort », pense le vieil homme, « ou tout au moins il se croit très fort. »

154

Comme ce n'est pas aux vieux singes qu'il faut apprendre à faire des grimaces, Marc Ulmer se réjouit à l'avance du bon tour qu'il va jouer à cette insolente jeunesse. Qui va craquer ? Lui, le jeune éphèbe qui se prend pour Don Juan, ou elle, la nymphette au cœur d'artichaut ?

« Monsieur Moulin, puisque en qualité d'offensé j'ai le choix des armes, je vous propose un duel singulier dans lequel le vaincu n'aura aucune chance de s'en sortir... Un duel au cyanure. Deux verres. L'un contient le poison, l'autre pas. Le poison aura été versé dans l'un des deux verres par une main innocente. Nous trinquons à la santé du vainqueur et on boit d'un trait. 50 p. 100 de chances pour vous, 50 p. 100 de chances pour moi. D'accord ? »

Pierre Moulin lève un regard impassible sur celui dont il a trahi la confiance en devenant l'amant de sa femme.

« J'accepte.

— Alors, un instant, je vais chercher Jane. »

Tandis qu'il se rend dans la chambre de Jane pour la prier de venir les rejoindre au bureau, Marc Ulmer est satisfait de lui... Bien sûr, il n'a aucunement l'intention de voir cette comédie classique à trois se terminer par une tragédie. Il tient trop à la vie pour prendre le risque de la voir s'écourter d'une façon aussi stupide que brutale.

Auteur de pièces à succès, il s'est trop souvent moqué des cocus pour ne pas en assumer toute la condition. Tout mari n'est-il pas un cocu en puissance, surtout lorsqu'il possède une charmante épouse qui pourrait être sa fille et qu'il a l'inconscience d'engager un jeune loup beau comme un dieu comme secrétaire ?

Non. Marc Ulmer a pris cette idée de duel au poison dans une de ses pièces, tout simplement, et il veut apprécier la réaction que cette situation dramatique va provoquer chez Jane. Revenu avec son épouse dans le bureau, Marc la prie de s'asseoir dans le fauteuil voisin de celui de son amant et la met au courant de son projet. La réaction de la jeune femme est tout à fait celle qu'il attendait. Elle se dresse d'un bond l'œil horrifié.

« Tu ne peux pas faire ça, c'est un crime !

— Pas du tout, mon ange, c'est un duel, répond le mari en la priant de se rasseoir, puisque M. Moulin est d'accord. »

Pierre confirme et Marc explique les règles du jeu :

« Nous écrivons chacun une lettre notifiant notre intention de nous donner la mort par le poison, nous datons, nous signons et c'est tout. Cette formalité évitera les ennuis à celui qui restera.

— Mais c'est monstrueux ! Vous n'avez pas le droit... »

D'un geste qu'il veut paternel, Marc Ulmer calme la jeune épouse, il explique qu'au contraire sa solution est frappée au coin du bon sens. Elle est équitable : ou M. Moulin meurt et tout rentre dans l'ordre, ou la voilà veuve et riche et libre de vivre avec lui.

Cet argument péremptoire coupant court à toute discussion, Marc Ulmer prie son rival d'écrire sa lettre de rupture avec la vie. Cette invitation semble provoquer chez le jeune suborneur un trouble évident.

« J'aimerais mieux que nous l'écrivions ensemble... »

De quoi se méfie donc cette petite crapule ? pense le vieil homme. Aurait-il peur qu'une fois en possession de l'annonce du suicide je sorte un revolver pour l'exécuter à bout portant ? Cette idée amène un sourire sur les lèvres de l'auteur... il n'avait pas songé à cette éventualité.

Son propos étant tout autre, Marc accède au désir du jeune homme. Il dicte la lettre tout en l'écrivant :

« Je, soussigné... nom, prénom... sain de corps et d'esprit décide de mettre fin à mes jours. Ne m'en veux pas trop. Adieu Jane. Date et signature. Sur l'enveloppe, vous mettez *pour Jane.* »

Marc Ulmer jouit pleinement de sa situation dramatique. Jamais dans l'exercice de son métier il n'avait éprouvé une telle satisfaction des acteurs qui jouent enfin la vérité totale...

« Voyons maintenant quels verres prendre. »

Fidèle à la tradition théâtrale, Marc Ulmer possède une collection de verres, sur lesquels il a fait reproduire les affiches de ses œuvres jouées à Paris. Après avoir jeté un regard sur l'ensemble de la collection, deux titres semblent parfaitement convenir à la situation : « Cornuto » et « Un de trop ».

« Le porto enlèvera au poison son goût amer... C'est toi, Jane, qui va le verser pendant que nous allons sortir un instant dans le corridor. »

Quelle jubilation pour un auteur ! Comme les visages de ses deux interprètes sont intéressants, pense Marc, et ça ne fait que commencer...

« Vous venez, monsieur Moulin ? »

Le jeune homme s'extirpe de son fauteuil, les deux hommes s'apprêtent à sortir lorsque Jane semble soudain sortir de la prostration dans laquelle elle est plongée.

« Attends ! je voudrais te parler.

— A moi ? demande Marc.

— Oui, mais seul. »

Comment ne pas exaucer une telle prière, surtout dite avec un tel accent de sincérité ! Marc invite son jeune rival à sortir de la pièce.

« Et pour une fois ayez la correction de ne pas coller votre oreille derrière la porte. »

Sans un mot, sans même un regard vers celle qu'il a séduite, Pierre quitte le bureau. Il est à peine sorti que Jane se jette aux pieds de son mari. Avec des sanglots dans la voix elle le supplie de ne pas mettre à exécution cette odieuse machination. Comme Marc semble rester insensible à ses arguments, elle lui dit que c'est lui qu'elle aime, que l'attirance qui l'a poussée à céder aux avances de Pierre n'était qu'une passade dont elle ressent toute l'horreur aujourd'hui.

« Je ne veux pas te perdre. » Jane baisse la voix au point que l'homme est obligé de lire sur ses lèvres ce qu'elle ose prononcer :

« C'est lui qui doit mourir ! pas toi... »

Malgré lui, Marc Ulmer sent un frisson lui parcourir la nuque. Ainsi cette garce tiendrait suffisamment à lui pour piper les dés.

« C'est toi qui dois choisir le verre en premier, n'est-ce pas ?

— En qualité d'offensé, oui, c'est moi.

— Quel verre choisiras-tu ? »

Marc objecte que Pierre pourrait soupçonner qu'il y ait une connivence entre eux. Jane affirme qu'il a trop confiance en elle pour imaginer une telle machination.

« Je t'en supplie, Marc, tu dois accepter mon offre. Si tu mourais je n'aurais plus qu'à mourir moi aussi. La vie n'a aucun intérêt sans toi... Je t'aime, Marc, je t'aime... »

Ce que l'auteur avait voulu « comédie » tourne soudain à la tragédie antique. Malgré toute la rancune et l'humiliation qui lui rongent le cœur, Marc se sent envahi par une immense tendresse.

Ce regard, cette voix ne peuvent être que le reflet de la vérité profonde. Il est des signes qui ne trompent pas, et d'ailleurs quel intérêt aurait-elle à lui jouer cette comédie, puisque le sort est équitable pour les deux antagonistes ? Une bouffée de bonheur envahit le cœur du vieil homme. Cet épisode digne d'un mauvais mélo lui aura au moins appris que Jane tenait sincèrement à lui. Jamais il ne l'aurait soupçonné.

« Quel sera ton verre ?

— Un de trop semble à présent mieux convenir que l'autre. »

Jane demande alors à son mari d'aller à son tour dans le couloir dire à Pierre qu'elle voudrait le voir lui aussi quelques instants.

« Je voudrais le rassurer quant à ma neutralité. Il ne faut pas qu'il se méfie de quoi que ce soit. »

Dans le couloir, Marc sent un trouble profond l'envahir peu à peu. Ce qu'il prenait pour une simple plaisanterie a pris des proportions insoupçonnables. Il a presque honte d'avoir triché au départ. Il en vient presque à regretter d'avoir mis un peu d'eau salée dans la fiole plutôt que du cyanure. Il a, un instant, envie de tout arrêter, de dire la vérité, d'éviter la peur ignoble que le goût amer de ce soi-disant poison va provoquer chez ce pauvre petit don juan de province qui, au seuil de la mort, fait preuve d'une grande dignité. Il est vrai qu'il croit avoir 50 p. 100 de chances de s'en sortir.

Il en est là de ses réflexions lorsque la porte du bureau s'ouvre, laissant passer Pierre qui la referme derrière lui. En pensée le vieil homme imagine les gestes de Jane... elle verse le contenu de la fiole à poison dans le verre « Cornuto », prend la carafe d'eau et en verse la même quantité dans le verre « Un de trop »... A présent, elle met du porto dans chacun des verres.

« Vous pouvez entrer... »

Les deux hommes sont à nouveau dans le bureau. Jane, le visage impénétrable, invite son mari à choisir le verre qu'il désire. Elle commande à Pierre de prendre l'autre... « Comme elle joue bien la comédie, pense l'auteur, qui pourrait imaginer (à part moi) qu'elle sacrifie son amant pour lui. » Marc lève son verre d'une manière un peu ostentatoire.

« A la santé de Jane. »

En se regardant dans les yeux, les deux hommes vident d'un seul trait leur verre de porto.

Marc regarde intensément le visage de son jeune rival pour apprécier la grimace qu'il va faire en goûtant la saveur particulièrement âcre du « poison ». Quelle tête fait un homme qui se croit empoisonné ?

Mais... que se passe-t-il ?

Quel est ce goût bizarre qui lui colle la langue au palais ? quelle est cette saveur amère qui lui brûle l'estomac ? C'est comme si une main invisible avait salé son porto...

Le porto salé !... Mais alors ?

Comme dans un film au ralenti, Marc Ulmer voit Jane prendre la main de son jeune rival et la serrer dans les siennes.

Alors, tout à coup, il comprend... il devine qu'il a été possédé comme un enfant... pour être certain de se débarrasser de lui !

Comme il regrette ne n'avoir pas bu réellement du cyanure... Il y a de ces moments, dans la vie, où l'on voudrait voir le sol s'ouvrir sous ses pieds...

LES FRÈRES ENNEMIS

Le village de Santa Rosanna situé non loin de
Messine est semblable à tous ceux de Sicile : il est
à la fois beau et rude. Mais si le village est rude,
les villageois le sont sans doute plus encore. En
cette année 1954, les mœurs n'ont rien perdu de
leur âpreté. Les traditions les plus anciennes sont
restées vivaces. Il existe encore, entre les habitants, des clans, des rancunes, des haines et, parfois, des vendettas.

Pourtant les rivalités les plus terribles, les plus
sauvages sont celles qui existent à l'intérieur des
familles elles-mêmes. Et, à ce titre, la querelle qui
oppose Luigi et Mario Sebastiani, les frères ennemis, est devenue légendaire.

Elle remonte à la mort de leurs parents. Luigi
et Mario, qui avaient à l'époque vingt et dix-huit
ans, ont dû se partager le domaine familial, si
l'on peut appeler ainsi les quelques hectares de
mauvais pâturages et le maigre troupeau de chèvres et de vaches. Mais si l'héritage n'était pas
considérable cela n'a pas empêché la discussion
d'être violente et même terrible. Entre les deux
frères, dès cet instant, la rupture a été définitive.

Luigi, l'aîné, a gardé la ferme et Mario s'est
installé avec sa femme dans une maison de ber-

ger sur la propriété. Ils ont vécu ainsi à quelques dizaines de mètres l'un de l'autre, sans jamais s'adresser la parole et en faisant tout pour ne pas se rencontrer. Mais ce n'était pas toujours possible. Si les propriétés étaient bien délimitées, et protégées de chaque côté par de hautes clôtures, certains chemins étaient communs et il était inévitable qu'ils se rencontrent de temps en temps.

Dans ces moments-là, ils détournaient le regard par crainte de se défier mutuellement et de ce qui pourrait s'ensuivre. Mais dans le fond, ils sentaient bien qu'un rien était capable de provoquer l'incident. Il suffisait que l'un d'eux ait un peu bu et qu'il se sente agressif. Et alors...

A Santa Rosanna, les vieux du village commentaient avec fatalisme la situation :

« Ils ont le sang chaud, Luigi et Mario. Ce sont de vrais Siciliens. Un malheur va arriver un jour. C'est inévitable. »

C'est le 7 octobre que le drame éclate, d'une manière, toutefois, que personne n'aurait pu prévoir.

Il y a encore beaucoup de brume. Le jour vient tout juste de se lever. Comme d'habitude, Luigi Sebastiani emmène paître ses chèvres. C'est un solide gaillard de trente-cinq ans, mais pourtant, il ressent une vague inquiétude. Il est en train d'emprunter le chemin commun avec la propriété de son frère. Il y a cinq cents mètres à faire avant d'arriver au pâturage.

Luigi observe les buissons de chaque côté du chemin caillouteux. Dans les brumes encore mal dissipées de l'aube, il y voit mal. Comme tous les matins, Luigi Sebastiani essaie de se raisonner, il n'a rien à craindre. Son frère ne va tout de même pas l'attaquer au détour du chemin comme un vulgaire bandit. Mais rien n'y fait, il est inquiet. Mario est sournois, il est mauvais. Il le déteste et sa femme le monte contre lui.

Luigi est presque arrivé à la fin du sentier commun. Il va bientôt pouvoir respirer. Mais soudain, il s'arrête. Il y a quelque chose de bizarre sur le sol. Il se penche et se relève perplexe. C'est un béret. C'est celui de Mario. Il le reconnaît sans hésitation. Mais pourquoi est-il déchiré ainsi et quelles sont ces taches ? Il regarde de plus près. On dirait du sang.

Luigi Sebastiani reste un moment interdit. Il s'attendait à un mauvais coup de son frère et maintenant, il semble que ce soit à lui qu'il soit arrivé malheur. Il faut absolument faire quelque chose. Surmontant sa répugnance, il fait ce qu'il n'a pas fait depuis des années : il franchit d'un bond la haie de gauche, il entre dans le domaine de Mario.

Luigi se met à courir, le béret à la main. Le chien vient à sa rencontre en grondant. Il le chasse d'un coup de pied tout en appelant son frère et sa belle-sœur :

« Mario... Gina... Vous êtes là ? »

Il s'arrête devant la maison apparemment fermée et continue à appeler. A la fin, la porte s'ouvre et Gina paraît sur le seuil. Elle a une expression de colère.

« Que fais-tu là ? Qui t'a permis ? »

Sans répondre, Luigi Sebastiani questionne à son tour.

« Mario n'est pas là ? »

Gina secoue la tête.

« Non. Il est parti il y a une heure s'occuper des bêtes. »

Luigi tend le béret.

« Regarde ce que j'ai trouvé sur le chemin. J'ai peur qu'il ne lui soit arrivé quelque chose. »

Sa belle-sœur prend l'objet. Le tourne et le retourne dans ses doigts, puis elle le fixe avec un drôle d'air et elle se met à crier :

« Assassin ! assassin !

Luigi Sebastiani reste sans réaction ! Il voudrait dire quelque chose, mais il est trop surpris pour cela. Jetant le béret à terre, Gina rentre dans la maison d'un bond et claque la porte derrière elle.

Luigi pendant un moment ne sait que faire et puis il ramasse le béret et se décide à aller trouver les carabiniers. Après tout, c'est son devoir, même s'il s'agit de son frère. Il doit faire part de sa découverte à la police.

Le lieutenant l'accueille sans trop d'amabilité.

« Alors, Sebastiani. Je parie qu'il s'agit de votre frère. Vous vous êtes disputés, hein ? »

Luigi lui répond avec un air sombre.

« Ce n'est pas ça, lieutenant. J'ai peur qu'il ne soit arrivé un malheur. J'ai trouvé le béret de Mario sur la route et sa femme ne sait pas où il est. »

Du coup, l'attitude du lieutenant change du tout au tout. Son visage se ferme. Il était agacé, il devient soupçonneux.

« Mais on dirait qu'il y a du sang sur ce béret ! »

Il fait un signe à deux de ses hommes.

« Allez, venez avec moi vous autres. Sebastiani, vous allez me montrer où vous avez fait votre découverte. »

Durant le trajet jusqu'à la ferme, personne ne parle. Luigi surveille le lieutenant Bertoni qui, de son côté, ne le quitte pas des yeux. Il n'y a pas de doute, pense Luigi, il a l'air de me soupçonner. Ce qui est normal dans un sens. Tout le monde sait bien que je déteste mon frère, je fais un suspect idéal. Mais il leur faudra quand même des preuves.

Arrivé sur les lieux, le lieutenant examine le sol avec minutie.

« On dirait les traces de Mario. Et puis il y en a d'autres aussi. Celles d'un homme. »

Luigi Sebastiani hausse les épaules.

« Evidemment. Ce sont les miennes. »

Le lieutenant le regarde en plissant légèrement les yeux.

« Vous vous êtes battus, hein ? Allez, dites-moi la vérité. »

Luigi commence à s'énerver.

« La vérité, je vous l'ai dite quand je suis venu vous voir. J'ai trouvé ce béret sur le chemin mais je n'ai pas vu Mario. Vous n'avez pas le droit de me traiter de menteur. »

Le lieutenant change de ton à son tour.

« Eh bien, c'est ce qu'on va voir. On va fouiller chez vous et pas plus tard que tout de suite. »

Luigi sait qu'il pourrait s'opposer à cette fouille sans mandat. Mais pourquoi le ferait-il ? Au contraire, les carabiniers ne trouveront rien et ce sera le meilleur démenti à leurs soupçons.

Une fois dans la ferme, les policiers se mettent en devoir d'explorer la maison de la cave au grenier. Et le résultat ne tarde pas. Un des hommes revient avec un paquet de vêtements.

« Regardez ce que je viens de trouver dans la chambre à coucher, chef ! »

Luigi écarquille les yeux. Entre les bras du policier, il reconnaît parfaitement la chemise et le pantalon de son frère. Ils sont tachés, recouverts de sang.

Le lieutenant a un air de triomphe.

« Alors, on fait moins le fier, à présent. Qu'avez-vous à répondre à cela ? »

Luigi s'est laissé tomber sur une chaise. Il est atterré. Il bredouille :

« Je ne comprends pas... Il a dû se passer quelque chose. Je ne comprends pas... »

L'enquête est pour ainsi dire terminée. Luigi Sebastiani est arrêté et inculpé du meurtre de son frère. Quelles preuves pourraient être plus accablantes que les vêtements sanglants retrouvés chez lui ? D'autant que le mobile est évident. Gina accuse formellement son beau-frère et tout le village avec elle.

Au procès, qui s'ouvre six mois plus tard, Luigi Sebastiani et son avocat se défendent de leur mieux. Ils insistent, en particulier, sur le seul point faible de l'accusation : on n'a jamais, malgré tous les efforts de la police, retrouvé le corps. Peut-on parler d'assassinat, alors qu'on n'a même pas la preuve qu'il y a meurtre ?

Mais, dans sa déposition, le lieutenant balaie avec facilité cet argument.

« On sait très bien comment pratiquent les criminels en Sicile. Dans l'île, chaque année, il y a plusieurs cas de meurtres sans cadavre. La montagne et la mer offrent suffisamment de possibilités. »

A l'issue des débats, Luigi Sebastiani, qui n'a jamais cessé de clamer son innocence, est condamné à la prison à perpétuité. C'est le maximum ; la peine de mort n'existe plus en Italie.

Il fait appel mais son pourvoi est rejeté. Et il est expédié au bagne dans une île au large de Rome.

A Santa Rosanna, après ces événements dramatiques, la vie reprend son cours. Les gens oublient peu à peu les deux frères Sebastiani. Un oubli qui ne durera pas plus de sept ans.

Octobre 1961. Très loin de l'Italie, à New York, un jeune homme se présente à la police. Il a le type méditerranéen et parle avec un fort accent italien. Il semble bouleversé.

« Ecoutez. Je suis venu aux Etats-Unis il y a trois mois. Je m'appelle Adriano Ruffi. Hier, j'entre dans un bar pour boire un verre et je vois derrière le comptoir mon beau-frère, Mario Sebastiani, celui qui a épousé ma sœur Gina. »

Le fonctionnaire de police, que ces histoires de famille ont l'air d'intéresser médiocrement, hoche la tête par pure politesse. Mais l'Italien s'anime de plus en plus.

« Mario Sebastiani devrait être mort ! Je lui ai dit : « C'est toi, Mario ? » Il a fait semblant de ne pas me reconnaître et il est parti. Il faut faire quelque chose. »

Le policier américain sourit tout en mâchant son chewing-gum.

« Eh bien, voilà... Vous avez rencontré votre beau-frère au bar et vous avez bu un peu trop avec lui. Bon, maintenant, j'ai à faire. »

Mais le jeune homme insiste. Dans un mauvais anglais, il essaie d'expliquer toute l'histoire. Un homme a été condamné en Italie pour le meurtre de Mario Sebastiani. A l'heure actuelle, il est encore au bagne. Lui, il n'a jamais été, comme sa sœur, vraiment sûr de sa culpabilité. Et maintenant, il est certain du contraire. C'est une machination.

En face de lui, le policier se gratte le menton. Il se demande s'il doit tout de suite coffrer l'individu pour éthylisme ou demander d'abord l'avis de ses supérieurs. Dans le doute, il opte pour la deuxième solution.

Son chef est un homme prudent, méticuleux. Il décide de se renseigner. Il fait demander à la police italienne si elle a connaissance d'un certain Mario Sebastiani.

La réponse arrive sans tarder. « Il a été assassiné le 7 octobre 1954, à Santa Rosanna en Sicile. Son meurtrier, Luigi Sebastiani, purge actuellement une peine de réclusion à perpétuité dans un bagne. Le cadavre de la victime n'a jamais été retrouvé. »

La dernière phrase du message produit une curieuse impression sur le policier. Il convoque le barman dans son bureau.

Sa première impression est mauvaise. L'homme a l'air sournois et mal à l'aise. Il lui montre des papiers au nom de Paolo Nero, né à Turin. Mais, après tout, des papiers ne veulent rien dire. Il s'adresse à lui avec politesse.

« Je vais vous demander de prendre vos empreintes. Rien de grave, rassurez-vous, juste la routine. »

Les empreintes sont envoyées à la police italienne et l'incroyable réponse arrive deux jours après : « Il s'agit bien de Mario Sebastiani, disparu en octobre 1954 et présumé assassiné. » Une demande d'extradition est jointe au message.

Arrêté par la police américaine, Mario Sebastiani, qui exerçait depuis sept ans, à New York, la profession de barman, est ramené en Italie.

A Santa Rosanna, c'est la sensation. Gina, sa femme, se précipite à la prison de Messine où Mario est détenu. Tout de suite, elle le reconnaît. Elle se jette dans ses bras, partagée entre la joie et les larmes.

« Mais qu'est-ce qui s'est passé, Mario? Pourquoi es-tu parti, pourquoi ne m'as-tu pas donné de nouvelles? »

A toutes ces questions, Mario Sebastiani ne répond pas. Il reste fermé, silencieux.

Et c'est la même attitude qu'il adopte devant les enquêteurs et le juge d'instruction. Celui-ci s'acharne. Il utilise la persuasion, l'intimidation, il fait appel à ses sentiments.

« Enfin, votre frère est en prison depuis sept ans pour vous avoir assassiné. »

Pas de réponse.

« Si vous ne répondez pas, vous laissez supposer que vous avez monté toute cette machination pour le faire condamner. »

Pas de réponse.

« Qu'avez-vous fait le 7 octobre 1954? Où êtes-vous allé après avoir abandonné votre béret sur le chemin, votre pantalon et votre chemise ensanglantés dans la chambre de votre frère? »

Pas de réponse. Mario Sebastiani reste buté, les yeux rivés au plancher. Selon la tradition sicilienne, il ne parlera pas. Sur son extraordinaire conduite, ni les policiers, ni les juges, ni sa femme n'auront droit à un mot d'explication.

Cela ne l'empêche pas d'être inculpé tandis que, le même jour, son frère Luigi est libéré du bagne.

Toute la presse sicilienne et même italienne se bouscule à l'ouverture du procès de Mario Sebastiani. On veut voir l'homme qui, pour perdre son frère, a tout quitté : sa femme, son pays, son métier de paysan. Rarement, sans doute, un Sicilien n'a été aussi loin dans la vengeance.

Mais Mario reste jusqu'au bout impénétrable. Après avoir satisfait à l'interrogatoire d'identité, il se tait et refuse de répondre aux questions.

Mario Sebastiani a été condamné à dix ans de

prison. Mais ce n'est pas cette condamnation qu'ont retenue les journalistes et le public. C'est la déposition de son frère Luigi.

Tout ceux qui l'avaient vu, sept ans auparavant, ont eu du mal à le reconnaître. Lui, le solide gaillard, était maintenant presque chétif. Et surtout, il y avait dans sa voix quelque chose de brisé.

Il a terminé sa déposition par une déclaration que tous les journaux ont reproduite.

« Monsieur le président, j'ai été sept ans au bagne. J'ai parlé avec beaucoup de condamnés. Et je peux vous dire que je ne suis pas le seul innocent. Il y en a d'autres. »

Il s'est alors produit un brouhaha dans la salle. Le président s'est vivement ému.

« Eh bien, dites-nous leurs noms. La justice veut les connaître. »

Mais Luigi Sebastiani s'est contenté de répondre, avec un sourire résigné :

« A quoi bon, monsieur le président ? Ils n'ont pas plus de preuve de leur innocence que je n'en avais. »

CHUTE LIBRE

NICHOLAS ALKEMADE, adjudant dans la Royal Air Force, fait comme tous ses camarades pendant la Seconde Guerre mondiale : il se bat. Il n'a rien de particulier : vingt ans, des parents qui tremblent pour lui et une fiancée qui l'attend; il a hâte que tout cela finisse, mais il accomplit son devoir avec courage, comme tout le monde.

Pourtant, c'est lui que le destin a choisi pour devenir le héros d'une aventure unique dans l'histoire de la Seconde Guerre mondiale, et même de toutes les guerres.

Dès qu'il en a eu l'âge, Nicholas Alkemade s'est porté volontaire pour être mitrailleur de queue sur un bombardier. C'est un poste qui demande un courage certain. Le mitrailleur est séparé de ses camarades par un couloir d'une dizaine de mètres, fermé par une double série de portes. Il est seul, au bout de l'appareil, dans un petit habitacle sous une coupole de plexiglas. La place qui lui est laissée est si réduite qu'il ne peut même pas avoir son parachute au dos. Celui-ci est rangé un peu plus loin, dans le couloir, derrière la première porte. De plus, c'est un endroit très vulnérable. C'est lui qu'attaquent en premier les chasseurs ennemis. Pour toutes ces raisons, la fonc-

tion de mitrailleur de queue est réputée dans la
R.A.F. comme « peu enviable »...

Nous sommes dans la nuit du 24 au
25 mars 1944. Le bombardier *Lancaster* de Nicholas Alkemade est au-dessus de son objectif : Ber-
lin.

Tout seul, à l'arrière, Nicholas observe le spectacle auquel il est bien habitué maintenant. Au
sol, six mille mètres plus bas, c'est le rougeoie-
ment des incendies; dans le ciel, c'est le ballet des
projecteurs allemands qui se déplacent et les ger-
bes des obus explosifs de la D.C.A. On a peine à
imaginer que ces lumières de feu d'artifice repré-
sentent des morts, des milliers de morts.

Le *Lancaster* fait un brusque bond qui coupe
un instant le souffle au mitrailleur. Il vient de
larguer ses bombes, cinq tonnes d'explosifs. Le
lourd appareil amorce un virage sur l'aile : mission terminée, il rentre à sa base. Mais Nicholas
reste vigilant. Le trajet du retour est tout aussi
dangereux que l'aller. C'est même souvent après
le bombardement que la chasse ennemie attaque.

Les lumières d'incendie disparaissent peu à
peu. C'est de nouveau le soir. Une belle nuit étoi-
lée. Nicholas Alkemade regarde sa montre : il est
minuit juste.

Soudain, il y a un bruit et un choc. Le bombardier est attaqué. Un *Junker* allemand apparaît. Il
vient se placer derrière l'avion, juste dans l'axe.
Nicholas Alkemade voit la barre lumineuse que
font ses mitrailleuses qui crépitent sous les ailes.
La coupole de plexiglas vole en éclats. Il ressent
une douleur à la cuisse. Mais en même temps, il a
tiré. Il y a une grande lueur : l'avion allemand
explose.

Le mitrailleur n'a pas le temps de se réjouir. Le *Lancaster* vibre. Une traînée de flammes passe devant lui en provenance de l'avant. Pas de doute, un ou plusieurs moteurs sont en flammes. Et l'instant d'après, la voix du commandant lui parvient dans l'interphone :

« Je ne vais pas pouvoir tenir longtemps l'air. Sautez, les gars, sautez ! »

Nicholas Alkemade quitte son siège. Il ouvre la porte qui conduit au couloir où se trouve son parachute. Et il recule... Partout autour de lui, il y a des flammes. Il est pris à la gorge par une fumée suffocante. Dans son habitacle, séparé du reste de l'appareil, il ne s'en rendait pas compte, mais c'est l'avion qui est en feu.

Pourtant, il doit avancer dans cette fournaise pour atteindre son parachute. Au prix d'un dernier effort, il parvient jusqu'à lui mais lui aussi est en train de brûler. L'enveloppe se consume et la soie, roulée bien serrée, se volatilise en flammèches. Nicholas Alkemade recule précipitamment. Il doit revenir dans son habitacle, s'il ne veut pas être carbonisé sur place.

L'air glacé qui tombe de la tourelle lui fait du bien. Il évalue rapidement la situation : elle est désespérée. Le bombardier est secoué de plus en plus. Derrière lui, c'est le feu, l'enfer, la mort atroce dans les flammes.

Sans trop se rendre compte de ce qu'il fait, Nicholas Alkemade dévisse l'ouverture de la coupole, sans marquer un instant d'hésitation, il saute. Sans parachute. A six mille mètres...

Tout à coup, c'est un autre univers : le silence, le vide, la nuit. Nicholas Alkemade éprouve une merveilleuse sensation de bien-être. Il n'a pas l'impression de tomber, mais plutôt de flotter sur un nuage léger. Il ouvre les yeux et il découvre les étoiles qui dansent entre ses jambes. Il doit être sur le dos, la tête en bas. Combien de temps reste-t-il ainsi, à contempler le ciel, comme s'il était couché dans une prairie par un beau soir d'été ?...

Puis les étoiles basculent lentement et le noir les remplace. Nicholas Alkemade comprend qu'il vient de pivoter sur lui-même et que ce qu'il a sous les yeux maintenant, ce noir opaque, c'est le sol, dont il se rapproche à toute allure.

Maintenant, il a une nette impression de chute. Tout s'accélère. La sensation devient insupportable. Il voudrait penser à ses parents, à sa fiancée, mais il s'évanouit...

Encore les étoiles... Nicholas Alkemade pense confusément que sa chute n'est pas encore finie. Pourtant, les étoiles ne sont pas tout à fait comme avant : il n'en voit qu'une partie, au milieu d'une trouée dans le noir. Et puis, il y a ce froid intense. Il est environné d'une matière froide, plus consistante que l'air. Il bouge un bras... Nicholas Alkemade se rend compte que c'est de la neige; il se redresse. Non, il ne tombe plus. Ce qui l'empêche de voir les étoiles, ce sont les arbres. Il est en dessous des arbres. Il est sur le sol, sur terre. Il est tombé de six mille mètres sans parachute et il est vivant.

Il essaie de se lever, mais doit y renoncer; son dos lui fait trop mal. Avec précaution, il tâte ses membres, son corps. Il semble qu'il n'ait rien de cassé. Il regarde sa montre. Elle marque 3 h 20. Alors, de nouveau, il s'évanouit...

Nicholas Alkemade se réveille à l'hôpital. Un jeune médecin allemand, qui parle parfaitement anglais, vient l'informer de son état. Il a une plaie profonde à la cuisse, causée par un morceau de plexiglas, des brûlures un peu partout et une luxation dorsale. Mais rien de tout cela n'est grave. Il se remettra rapidement. En lui-même, Nicholas a encore du mal à admettre ce qui vient de se passer. C'est un miracle. A part la luxation dorsale, toutes ses blessures ont eu lieu dans l'avion. Il a fait une chute libre de six mille mètres sans pratiquement aucun mal.

Mais, quelques heures plus tard, il reçoit une autre visite : un petit homme en imperméable, au profil aigu. Nicholas Alkemade se sent tout de suite mal à l'aise en sa présence. L'homme lui demande sans préambule :

« Où avez-vous caché votre parachute ? Nous savons que vous êtes un espion, malgré votre uniforme. Seuls les espions cachent leur parachute après avoir sauté. »

Nicholas Alkemade proteste. Il décline son nom, son grade, son numéro de matricule. Mais l'homme l'interrompt d'un geste agacé :

« Répondez à ma question : où est votre parachute ? »

Nicholas se sent tout à coup pris de panique. Que peut-il répondre, sinon la vérité ?

« J'ai sauté sans parachute. »

L'homme se lève brusquement de son siège. Il lui lance un regard rageur :

« Si vous le prenez ainsi, nous emploierons d'autres moyens. Et vous parlerez, soyez-en sûr... »

Sur son lit d'hôpital, Nicholas Alkemade a envie de pleurer. Il vient d'avoir la vie sauve grâce à un miracle inimaginable. Et tout cela pour être torturé et fusillé comme espion ! Car comment pourrait-il faire admettre la vérité ? Qui pourrait le croire ?

En mettant toute la conviction possible dans sa voix, il supplie son interlocuteur :

« Je vous jure que j'ai sauté sans parachute.

Retrouvez mon gilet. Vous verrez bien que les sangles d'amarrage n'ont pas été dégagées. Et puis un *Lancaster* a dû s'abattre dans la région. En fouillant dans les débris, on devrait découvrir les restes de mon parachute. »

L'homme s'en va, sans dire un mot.

Deux jours passent sans aucune nouvelle, deux jours d'angoisse pour Nicholas Alkemade. Et, le troisième, il voit entrer plusieurs officiers dans sa chambre. Au milieu d'eux, un colonel qui tient deux objets : son gilet et un parachute calciné. Il s'adresse à lui en mauvais anglais, l'air très excité.

« Nous avons vérifié ce que vous avez dit. C'était bien la vérité. D'après nos spécialistes, en approchant du sol, vous tombiez à environ 200 kilomètres/heure. Mais les branches très denses des sapins ont freiné votre chute et vous avez atterri dans une neige épaisse. C'est un miracle. »

Nicholas Alkemade est revenu dans son pays en même temps que les autres prisonniers. Aujourd'hui, quand on lui demande ce qui l'a le plus frappé dans son incroyable aventure, il répond simplement :

« Ça m'a semblé si facile de mourir. »

LES DIAMANTS BLEUS

En cette année 1955, Georges Verbecke vient
d'avoir cinquante ans. Au soir de son anniver-
saire, ses amis partis, il se retrouve seul et se
regarde dans la glace. L'image que lui renvoie son
miroir est le visage d'un homme fatigué.

Trente ans de trafic l'ont épuisé. Après avoir
débuté dans la cigarette américaine, il s'est livré
au trafic des voitures volées, puis à celui des faux
tissus anglais; enfin, depuis cinq ans, il s'est spé-
cialisé dans le recel et la vente de bijoux volés.

Trente ans de peur, d'angoisse, de ruses, de
planques, de dissimulation, pour arriver à quoi?
A peine 60 000 francs français d'économie.

Mais ça va changer. Pour fêter dignement ses
cinquante ans Georges Verbecke a décidé de
consacrer intégralement cette somme au coup
unique qui va faire de lui un homme à l'abri du
besoin, pour le restant de ses jours; il va voler les
diamants de celui que tous les diamantaires
appellent le maître : David Lebovski.

Dès le lendemain de cette décision importante,
la première des choses étant de bien connaître
ses habitudes, Georges Verbecke s'attache aux
pas de maître David, et tout de suite il se rend
compte que ça ne va pas aller tout seul : le dia-

mantaire est un homme méfiant. A chaque coin de rue, il se retourne pour regarder derrière lui, comme s'il craignait d'être suivi et Georges est obligé de se déguiser pour ne pas attirer l'attention. Tour à tour, il devient chauffeur livreur, ouvrier plombier, garçon de recettes, employé du gaz, et même bonne sœur...

Verbecke est un homme consciencieux. Il sait que la moindre faille serait fatale. Il ne doit rien laisser au hasard.

Les trois premières semaines sont consacrées intégralement à noter les habitudes de maître David. Etant donné la régularité de la vie du personnage, cela s'avère assez facile. Chaque matin, le diamantaire quitte son domicile à 7 h 45. A 8 h 30, il ouvre lui-même ses bureaux, qu'il referme le soir à 18 h 30, lorsque tout le monde est parti. Il est le seul à posséder les clefs, le ménage étant fait chaque soir en sa présence avant son départ.

La première surprise de Verbecke est de constater que la porte de maître David est très mal défendue. Mis à part son classique verrou de sûreté, elle ne possède pas de signal d'alarme. La raison de cette défaillance est toute simple : le diamantaire ne conserve pas sa marchandise à domicile. Il la confie au coffre d'une banque.

La déception de Georges est immense. A quoi lui sert, à présent, de savoir que maître David Lebovski est d'une méfiance maladive, qu'il a un faible pour le bourbon et qu'il est d'une pingrerie à toute épreuve ? Un instant, il songe à abandonner cette piste.

Enfin, il découvre le défaut de la cuirasse de l'illustre marchand. Tout les mois celui-ci prend l'avion et fait un aller et retour en Hollande, afin de renouveler son fameux stock de diamants bleus. Une indiscrétion d'une employée luï permet même de savoir que chaque fois il rapporte des pierres dont la valeur varie entre trois et quatre millions de francs actuels. Or, quand il rentre le samedi après-midi, les banques sont fermées et maître David est obligé de confier ses pierres à son bon vieux coffre-fort : un antique modèle d'avant-guerre.

Cette bonne nouvelle remplit Verbecke de joie. Le samedi en question arrive, mais il a vite fait de déchanter, en constatant que le diamantaire demande à son neveu, qui travaille avec lui, de rester au bureau, et mieux, d'y passer la nuit. C'est le comble ! Georges manque d'exploser de dépit. Et puis ce dépit se transforme en rage, et cette rage en défi. Au risque de mettre un point final à sa coupable profession il met un point d'honneur à réussir « l'exploit » qui sera le couronnement de sa carrière.

Pour aller déjeuner et dîner, le gardien des diamants s'absente pendant une heure et quart au minimum. Il faut donc fracturer le coffre en une heure : c'est possible à condition de s'entraîner. Dans sa jeunesse, Verbecke a eu l'occasion de travailler avec un Américain qui opérait en douceur. Il lui a appris à « ouvrir » les serrures avec un stéthoscope et un trousseau de crochets. Il suffit de se dérouiller les doigts afin de se remettre dans le coup.

Après avoir appelé au téléphone quelques « collègues » Verbecke part pour Londres où un ferrailleur possède un coffre du même modèle que celui de Lebovski. Dans un coin retiré d'un hangar, à l'abri des regards indiscrets de ces messieurs de Scotland Yard, Georges se remet au travail. Comme un pianiste fait ses gammes, pendant des heures il « crochette » en douceur le mécanisme du coffre. A sa première tentative, il lui faut près de trois heures. C'est beaucoup trop, mais Verbecke sait qu'il peut améliorer ce score.

Pendant trois semaines, il s'entraîne chaque jour, des heures durant. Chaque fois que le déclic annonciateur de l'ouverture de la porte se fait entendre, Verbecke arrête son chrono et constate qu'il faut encore grignoter de précieuses minutes. Son hôte britannique recompose à son insu une nouvelle combinaison chiffrée et ça recommence. Le stéthoscope dans les oreilles, Georges guette la minuscule différence qui s'opère lorsque chaque bouton numéroté arrive devant la combinaison. Lorsque les quatre chiffres du code sont trouvés, il ne reste plus qu'à introduire les longues tiges courbées à l'extrémité et à crocheter, sans forcer.

Au bout de trois semaines, Verbecke réussit à forcer le coffre en soixante-quinze minutes. Le but est atteint, il ne reste plus qu'à rentrer à Bruxelles et à opérer.

Le samedi suivant, ce n'est pas sans une certaine émotion que Georges voit David Lebovski et son neveu pénétrer dans l'immeuble où sont situés leurs bureaux. Selon sa bonne vieille habitude, au moment de refermer la porte du hall, le diamantaire se retourne pour regarder s'il n'y a rien de suspect et Verbecke n'a que le temps de relever un peu plus haut le journal qu'il tient largement ouvert devant lui. Un coup d'œil à sa montre, il est cinq heures.

Ayant une bonne heure devant lui, Georges s'octroie le droit d'aller boire un thé. Il se sent en pleine forme. Quatre millions de francs à portée de la main, voilà qui vous stimule un homme! Verbecke a pris toutes les précautions nécessaires pour que personne ne soit au courant de ses intentions. C'est toujours par indiscrétion que les

« casseurs » se font prendre. Cette fois, le risque n'existe pas puisqu'il est seul sur le coup.

A six heures, Verbecke passe chez sa logeuse pour prendre son matériel. Stéthoscope, trousseau de clefs, pied de biche, lampe électrique... tout est là, avec l'indispensable paire de gants de chirurgien, en latex véritable. Qui pourrait se douter en voyant passer d'un pas tranquille ce petit homme, avec sa petite serviette, qu'il va accomplir un vol de quatre millions de francs...

A sept heures moins le quart, Verbecke est à la station d'autobus, face aux bureaux de maître Lebovski. A 19 h 12, le neveu part dîner. A 19 h 20, Verbecke crochette le verrou dit de sûreté des bureaux *Lebovski et Cie.* A 19 h 23, après avoir refermé le verrou derrière lui, le déchiffrage commence. 19 h 36, le premier chiffre tombe; quatre minutes plus tard, le deuxième s'aligne devant son cran, le troisième et le quatrième trouvent leur place en moins de 12 minutes. A 20 h 06, très exactement, la porte massive du coffre-fort de maître Lebovski s'ouvre sans bruit. La première impression de Verbecke est horrible, un sentiment affreux lui donne un frisson qui se répercute tout le long de son dos.

Le coffre est vide.

Se peut-il qu'il ait fait tout cela pour rien ? Quelques papiers, une liasse de billets de banque, une boîte de trombones et rien d'autre... Si ! Dans un coin du coffre, au fond à droite, jeté là comme s'il ne présentait aucun intérêt, un petit sac de cuir, qui se confond avec la couleur de l'acier. Verbecke l'ouvre...

Les diamants sont là... qui scintillent sous le reflet de la lampe électrique. Il est 20 h 15 lorsque les célèbres diamants bleus de maître David Lebovski ont changé de propriétaire.

Toute la soirée, la police belge cherche en vain des indices lui permettant de situer l'audacieux cambrioleur qui vient de réussir un fric-frac aussi sensationnel. Maîtrise, audace, habileté, sont les adjectifs qui reviennent le plus souvent dans la bouche des journalistes qui ont envahi les bureaux de maître Lebovski. Malheureusement, celui-ci n'est pas à Bruxelles, il a été passer son week-end à Londres et son neveu qui, courageusement, fait face à la presse déchaînée, ne sait même pas où le joindre.

Les journaux du dimanche font la part belle à l'événement. Mais le lundi, après une entrevue avec le commissaire Franquin, David Lebovski se refuse à toute déclaration.

Chacun admet qu'un diamantaire aussi négligent n'est pas une bonne publicité pour sa profession.

Six mois passent sans que personne n'entende plus parler des diamants Lebovski. Malgré les avis lancés nul policier d'Anvers, de Londres ou d'Amsterdam ne reçoit une information quelconque. A croire que les diamants bleus se sont volatilisés.

Et puis, un matin, le commissaire Franquin convoque maître Lebovski dans son bureau.

« Tout s'est passé comme je l'avais prévu. Le voleur est arrêté, il s'agit d'un certain Georges Verbecke, trafiquant notoire, bien connu de nos services. Il avait tout misé sur cette affaire. Prudemment, il a attendu jusqu'à hier matin pour se manifester à Amsterdam.

— Comment a-t-il été arrêté? demande Lebovski.

— Oh! le plus simplement du monde. Il avait rendez-vous avec un célèbre receleur dans une brasserie, lorsque brusquement il s'est jeté sur lui. La police est intervenue pour les séparer, voilà tout. »

Le commissaire marque un temps et ajoute :

« Evidemment, cela n'a pas dû lui faire plaisir d'apprendre que les diamants étaient faux...

— Vous voyez, commissaire, conclut maître Lebovski, il ne faut jamais se fier à personne et j'ai eu bien raison de laisser croire à tout le monde que les diamants bleus passaient un week-end par mois dans mon coffre, alors qu'ils étaient tout simplement dans ma ceinture. »

Georges Verbecke fut condamné à quelques mois de prison pour violation de domicile et, comble d'ironie pour un trafiquant de bijoux, vol d'une poignée de diamants synthétiques...

LA SACOCHE

12 avril 1979, les rues de Paris retrouvent cet aspect décontracté qu'elles prennent à l'arrivée du printemps.

Devant la terrasse d'un café, un jeune homme s'arrête brusquement. Il se met à tituber, puis à osciller, enfin il glisse doucement sur le trottoir et reste allongé, les bras le long du corps, la tête tournée vers le ciel, les yeux grands ouverts.

Il n'a pas l'air d'un clochard. On dirait plutôt qu'il est malade. C'est peut-être le cœur...

Deux jours plus tard, un homme d'une quarantaine d'années pénètre dans le hall d'un hôpital. Le commissaire Guy sait que l'enquête concernant l'homme retrouvé sur la chaussée ne sera pas commode. Les médecins lui ont appris qu'il avait été drogué avec une très forte dose de narcotique. Il est resté plus de vingt-quatre heures dans le coma, et il n'a été sauvé que de justesse. Mais ce qui donne toutes les dimensions de cette affaire, ce sont ses conséquences.

L'homme ne marque pas de réaction particulière en le voyant entrer dans la chambre. Visiblement, il n'est pas encore tout à fait remis.

Le policier se penche au-dessus du lit.

« Commissaire Guy de la police judiciaire. Les papiers que nous avons trouvés sur vous sont bien les vôtres ? Vous vous appelez bien Fabrice Dedieu ? »

L'hospitalisé, très pâle, a un hochement de tête affirmatif.

« Nous avons beaucoup de choses à nous dire, monsieur Dedieu. D'abord, pouvez-vous nous apprendre où est la sacoche ? »

Fabrice Dedieu agite sa tête sur l'oreiller. Il semble faire des efforts de mémoire. Il murmure d'un ton monocorde :

« La sacoche. La sacoche... »

Le commissaire continue d'un ton plutôt impatient.

« La sacoche de la banque dont vous êtes employé. Vous étiez chargé de la porter de votre succursale au siège central. Elle contenait un million de francs et votre banque a porté plainte. Alors je vous demande, monsieur Dedieu : où est la sacoche ? »

Cette fois, la mémoire paraît revenir à l'hospitalisé. Il a une grimace de douleur.

« Oui... la sacoche... la femme... »

Et par bribes, Fabrice Dedieu explique ce qui lui est arrivé.

« En sortant de ma banque, j'ai été abordé par une jeune femme brune. Une très jolie fille, vingt-cinq ans environ. Elle m'a demandé son chemin ; elle parlait avec un accent espagnol. Une touriste perdue dans Paris. Je me suis dit que je ne pouvais pas laisser passer une occasion pareille. Je lui ai proposé de lui faire un bout de conduite. Elle a accepté... En passant devant une terrasse de café, je l'ai invitée à prendre un verre. Et elle a encore accepté. Ensuite, nous avons bavardé. C'était une Mexicaine en vacances en Europe.

— Elle vous a dit son nom ?

— Simplement son prénom : Dolores. C'est alors que je me suis souvenu de la sacoche. Je lui ai dit que je devais partir. Je lui ai donné rendez-vous pour le soir. Elle a accepté. Je lui ai dit au revoir et je me suis levé. C'est à ce moment-là que je ne me suis pas senti bien. J'ai marché encore un peu et après je ne me souviens de rien.

— Quand vous vous êtes levé, aviez-vous ou non la sacoche ? »

L'employé de banque plisse douloureusement le front.

« Franchement, je ne me souviens plus. A ce moment, cela n'allait plus du tout. »

Dans les rues de Paris, tandis qu'il se dirige vers le domicile de Fabrice Dedieu, le commissaire Guy récapitule les éléments de son enquête. Pas un instant, il ne croit à l'histoire qui vient de lui être racontée. Fabrice Dedieu a tout inventé. C'est lui qui a volé le million de francs. Seulement c'est à la police de le prouver et d'obtenir ses aveux.

Fabrice Dedieu habite un deux-pièces moderne. La fouille de son appartement ne donne rien. Il n'y a pas trace de drogue, ni de billets de la sacoche.

La concierge est tout aussi affirmative, en ce qui concerne la moralité du jeune homme.

« Monsieur Dedieu un voleur ? C'est impossible ! C'est un monsieur très bien, toujours poli dans l'escalier. Evidemment, il lui arrive de recevoir des femmes chez lui, mais c'est normal, un célibataire. »

2 mai 1979 : trois semaines se sont écoulées depuis le vol, et l'affaire de la sacoche n'a cessé

d'occuper les pensées du commissaire Guy. Fabrice Dedieu est coupable, il en est sûr, ou du moins il l'était jusqu'à présent. A un tel point, qu'il n'a même pas cherché à retrouver cette Dolores.

Au contraire, il n'a cessé de faire surveiller l'employé de banque. Il l'a fait suivre constamment, mais il n'y a rien à signaler sur sa conduite. Il a été renvoyé, non pour vol, mais pour faute professionnelle grave. Depuis, il passe son temps à faire des démarches pour retrouver un emploi.

Mais ce 2 mai, tout est changé. Le commissaire, en proie à une violente agitation, arrive dans l'hôpital où il avait interrogé Fabrice Dedieu.

Il vient d'apprendre qu'une femme avait été découverte inanimée sur la chaussée, droguée elle aussi. Et le plus extraordinaire, c'est qu'elle a été attaquée et volée à la sortie de sa banque.

En face de la jeune femme encore inconsciente, le commissaire Guy consulte ses papiers d'identité. Il s'agit de Francine Martin, vingt-cinq ans.

Le commissaire s'est renseigné auprès des médecins. Elle a absorbé les mêmes drogues que Fabrice Dedieu, mais toutefois la dose était moins forte.

Doucement, la jeune femme ouvre les yeux, puis elle a un cri :

« Mes bijoux ! »

Le policier la calme d'un geste.

« Ne vous agitez pas, madame, pouvez-vous me raconter ce qui est arrivé ? »

Francine Martin se dresse sur son oreiller.

« Je sortais de ma banque, j'avais retiré mes bijoux du coffre. Je les avais mis dans une mallette. Une fois dans la rue, je me suis dépêchée pour rejoindre ma voiture au plus vite. J'aurais dû faire attention, mais comme c'était une femme, je ne me suis pas méfiée.

— Quoi ! » Malgré lui le commissaire Guy n'a pu retenir cette exclamation.

Un peu désorientée par l'interruption, la jeune femme continue.

« Elle devait avoir vingt-cinq ans environ. Une brune très jolie. Elle m'a abordée pour me demander son chemin. Elle parlait avec un fort accent espagnol. Je l'ai renseignée. Elle avait l'air complètement perdu. Pour me remercier, elle m'a proposé de prendre un verre avec elle au café. J'ai dit oui. Au bout de quelques minutes, je me suis levée. C'est à ce moment-là que je ne me suis pas sentie bien. Elle m'a soutenue. Je ne me rendais plus compte de rien. Je me suis retrouvée seule. Je suppose que je suis tombée sur le trottoir. »

Le commissaire Guy pousse un gros soupir.

« Et elle vous a dit son nom ? »

La réponse est, hélas, celle qu'il redoutait.

« Non. Seulement son prénom : Dolores.

— Et vos bijoux représentaient quelle valeur ?

— Cinquante mille francs environ. »

De nouveau, le commissaire se retrouve dans la rue. L'affaire se présente sous un jour tout différent. Cette Mexicaine qu'il avait rangée au rang des mythes semble bien exister. En tout cas, ce n'est pas Fabrice Dedieu qui a attaqué la jeune femme. Il a été suivi toute la journée par un de ses hommes.

Mais le commissaire Guy ne se tient pas pour battu. Il se dirige précisément vers le domicile de Dedieu. Car, envers et contre tout, il le croit toujours coupable. C'est toute son intuition de policier qui le lui crie.

Dedieu ne peut être que coupable. Mexicaine ou pas, seconde agression ou pas, et il le prouvera.

Le commissaire est de nouveau en présence de la concierge. Il sort une photo de Francine Martin qu'il vient de prendre dans son sac. C'est son dernier espoir de confondre le jeune homme. Si la réponse de la concierge n'est pas celle qu'il pense, il devra avouer qu'il s'est trompé sur toute la ligne et il pourra reprendre son enquête à zéro.

« Dites-moi, madame, connaissez-vous cette femme ? »

La concierge n'a pas un instant d'hésitation.

« Bien sûr, c'est la petite femme de M. Dedieu. Enfin, celle qui vient le plus souvent; une personne bien aimable. »

Cette fois, le commissaire Guy peut respirer et monter les étages d'un pas allègre. Non, son instinct ne l'avait pas trompé. Dedieu a menti dès le départ, comme a menti Francine, sa complice. Il n'y a jamais eu de Dolores mexicaine. C'est bien lui qui a volé le million de francs.

Fabrice Dedieu a un mouvement de stupeur quand il ouvre la porte au commissaire. Celui-ci tend la photo.

« Je sais tout, Dedieu. Je sais que Francine est votre complice. Elle a avoué. Alors, le mieux pour vous est d'en faire autant. »

L'ex-employé de banque reste muet pendant quelques secondes. Et puis il se décide.

« Ce n'est pas moi, c'est Francine qui a eu l'idée, je vous le jure. Nous nous sommes connus il y a un an. Elle avait des goûts de luxe. Elle n'avait jamais assez d'argent. Elle me disait : « Comment peux-tu être assez bête pour travailler « dans une banque, et ne pas en profiter ? » J'ai longtemps protesté, mais j'ai cédé quand elle m'a menacé de me quitter. C'est elle qui a tout mis au point, qui s'est procuré les narcotiques.

« Le fameux jour, je suis sorti avec la sacoche.

Je la lui ai donnée. Ensuite je suis descendu aux toilettes d'un café pour avaler les drogues. Quand vous m'avez interrogé, j'ai compris que vous ne m'aviez pas cru. C'est Francine qui a eu l'idée de recommencer pour vous convaincre. »

Le commissaire a un sourire satisfait. Il a pourtant une dernière question à poser :

« Et l'argent ? Le million de francs ? »

Fabrice Dedieu prend une expression résignée.

« Ils sont à la banque, dans un coffre. C'est l'endroit le plus sûr et celui où la police risque le moins de chercher. Je suis bien placé pour le savoir. »

La succursale a effectivement retrouvé son million de francs, mais dans le coffre d'une banque concurrente.

Décidément, son ex-employé n'avait aucune moralité.

JE N'ATTENDS PLUS PERSONNE

BENJAMIN FOURNEL d'AVRON gravit avec effort les dernières marches de l'escalier de bois qui conduisent aux combles de l'immeuble.

Avec des gestes de somnambule, il sort la clef de sa poche et l'introduit dans la serrure.

A chaque mouvement qu'il fait il manque de tomber tant sa faiblesse est grande et il doit s'agripper au mur pour ne pas s'écrouler sur le sol. Voilà combien de jours qu'il n'a pas mangé ? Un jour, deux jours ? Trois peut-être. Avec les pièces de monnaie qu'il a glanées dans ses poches, il a tout juste pu se payer un café. Il était descendu pour téléphoner et puis il s'est posé la question : « A qui ? »... Tous les noms qui lui sont venus en mémoire auraient eu pour lui la même réponse :

« Mon pauvre vieux, tu tombes mal, avec les frais que j'ai en ce moment...

Et la conclusion optimiste :

« Mais ça va s'arranger, mon petit vieux, il ne faut pas désespérer, moi-même, il y a quelques années...

Seulement voilà, pour Benjamin Fournel d'Avron, cela fait près de dix ans que cela ne s'arrange pas. Dix ans de misère avec la faim qui vous tord l'estomac et que l'on trompe à coups de sandwiches et de cafés-crème dans lesquels on a glissé subrepticement six ou sept morceaux de sucre pour survivre.

Et pourtant Benjamin Fournel d'Avron ne manque pas de talent. On peut même dire qu'il possède un gentil coup de crayon. Tous les éditeurs de bandes dessinées sont d'accord. Malheureusement Fournel fait évoluer ses personnages dans un monde démodé. Toutes ses histoires reflètent une époque révolue, faites de maisons bourgeoises à porte cochère, où des domestiques à gilets rayés apportent sur des plateaux d'argent des billets parfumés, destinés à la fille rougissante d'une douairière aussi emplumée qu'acariâtre.

Il faut dire à sa décharge qu'il est lui-même tout autant démodé que ses créations. Qui pourrait supposer qu'en ces années 1950, quelqu'un puisse encore s'exhiber en public, un monocle vissé sous l'arcade sourcilière? Pourtant, c'est son cas.

Pochette largement étalée, œillet à la boutonnière, il n'a pas son pareil pour vous toiser en lançant d'une voix condescendante un « à qui ai-je l'honneur? » digne du grand siècle.

Mais on a beau vivre dans un autre monde, il faut bien revenir à la réalité quotidienne lorsqu'il s'agit de régler la note de gaz ou de payer une baguette de pain.

Sous-alimenté depuis des années, Benjamin Fournel d'Avron, trente-deux ans, rentre chez lui ce soir, pour mourir d'inanition.

Après avoir refermé sa porte, il s'avance jusqu'à sa fenêtre qui donne sur les toits de Paris avec en fond la coupole du Panthéon. Six étages plus bas la rue grouille de passants, ignorant tout du drame qui se déroule au-dessus de leur tête.

Le dessinateur prend un papier, un crayon et trace d'une main hésitante cette simple phrase qui résume à elle seule le bilan de toute une existence : « Ce 10 juin 1952, je n'attends plus personne. »

Après avoir déposé le papier bien en évidence sur la table, l'homme se traîne jusqu'à l'armoire, au prix de gros efforts, réussit à revêtir son costume de cérémonie, s'allonge sur son lit dans la position d'un gisant, et sombre dans le néant.

Il est 19 h 11, et d'après le calendrier le soleil se couchera dans quarante minutes très exactement.

Lorsque Benjamin Fournel d'Avron reprend conscience, il est dans une vaste chambre aux murs tendus de toile claire, une large baie vitrée s'ouvre sur un parc et une musique douce filtre agréablement jusqu'à ses oreilles.

Son premier regard s'arrête sur ses mains croisées sur son estomac. Son premier réflexe est de penser que ce sont les mains de quelqu'un d'autre, tant les ongles sont bien entretenus, magnifiquement taillés : un vernis transparent leur donne un brillant nacré. Et puis en remuant un doigt, puis un autre, il doit se rendre à l'évidence : ce sont bien ses mains. Elles sortent d'un pyjama beige clair qui doit être en soie tout comme le drap du lit.

Au prix d'un effort énorme, Benjamin monte sa main jusqu'à son visage. Il est rasé de frais, un parfum délicat lui flatte agréablement les narines, ce doit être du bois de santal.

Tournant légèrement la tête, partout où ses yeux se posent ce ne sont que des meubles ou objets du meilleur goût. Un énorme bouquet de dahlias multicolores trône sur la table en acajou.

« Je rêve, se dit Benjamin, mais pour une fois c'est un rêve agréable, attention de ne pas le chasser. C'est fragile un rêve, semi-conscient il suffit d'un geste brusque, d'un éclat de voix pour le faire éclater comme une bulle de savon et se réveiller tout à fait. »

Comme Fournel tente vainement de se redresser, une infirmière surgit devant lui. Elle porte un uniforme bleu pâle et son visage est des plus séduisants.

« Je rêve toujours », se dit Benjamin à voix haute.

Comme cette voix est étrange, elle semble venir du fond des âges, caverneuse, à peine audible.

L'infirmière a dû cependant l'entendre puisqu'elle l'assure qu'il ne rêve pas.

Elle lui demande de ne pas bouger et décrochant un téléphone mural, elle dit simplement :

« Monsieur est réveillé, voulez-vous prévenir le docteur ? »

Mais Benjamin Fournel d'Avron sait bien, lui, qu'il rêve. La meilleure des preuves n'en est-elle pas cet engourdissement dans lequel il se trouve ? La lenteur extrême avec laquelle il lève son bras, tourne sa tête. Même sa voix n'est pas une voix normale. Et puis que ferait-il ici, dans cette chambre luxueuse qui n'est même pas une chambre d'hôpital, malgré la présence de cette infirmière ?

Ne s'est-il pas couché tout à l'heure, à bout de forces, n'attendant plus personne que la mort, pour le délivrer de son fardeau. Non ce rêve est bien un rêve et Dieu fasse qu'il se prolonge le plus longtemps possible, plutôt que de retomber dans l'horrible réalité de sa misère.

Dans une sorte de torpeur, Benjamin voit arriver le docteur, son stéthoscope en sautoir. Il est accompagné d'un garçon en veste blanche, papillon noir et gants blancs qui porte un plateau d'argent sur lequel se trouvent quelques tasses et assiettes. Le médecin s'approche du lit, lui prend le pouls, puis fait signe au serveur de déposer le plateau sur le lit.

« Vous allez boire doucement ce concentré de bœuf qui vous fera le plus grand bien, après quoi je vous dirai par quel miracle vous êtes ici. »

Tandis que l'infirmière le fait boire à la cuillère et qu'il a un mal fou à entrouvrir la bouche, Benjamin pense que dans les rêves tout peut faire figure de miracle, ainsi ce bouillon qui coule dans son estomac a des apparences de réalité. Il est délicieux et son ventre gargouille de plaisir.

Après la compote, le médecin s'assoit sur le lit et reprend la parole, à voix feutrée, détachant chaque syllabe pour être bien compris.

« Monsieur Fournel d'Avron, il faut vous attendre à une grande surprise... Voilà deux ans, trois mois et onze jours, que l'on vous a trouvé moribond dans votre mansarde du Quartier latin. Transporté à l'hôpital vous avez pu survivre grâce à des soins avisés. Votre hypnose morbide se prolongeant, au bout de six mois, à la demande de votre notaire, nous vous avons installé dans cet hôtel particulier, près du Bois de Boulogne, où votre sommeil vient heureusement de prendre fin.

« Il vous faudra des semaines pour vous remettre de ce séjour prolongé au lit, mais nous ferons tout pour vous aider à reprendre une vie normale. »

Le médecin prend sa tension, l'ausculte sous toutes les coutures, donne des ordres à l'infirmière et au moment de sortir annonce à Benjamin que son fondé de pouvoir a été prévenu de son réveil et qu'il arrive.

« Son fondé de pouvoir »... l'appellation fait sourire Fournel d'Avron, lui qui n'a jamais réussi à avoir un compte en banque.

Et son « fondé de pouvoir » arrive avec son notaire, et sa secrétaire.

Dans les rêves, tout est possible, même l'irrationnel, pense Benjamin, et son « notaire » parle, il lui annonce que trois mois avant qu'il ne tombe dans le coma, un cousin germain de son père est mort au Brésil, laissant une immense fortune à M. Fournel père. Celui-ci étant décédé, c'est donc lui, fils unique, qui héritait de ladite fortune, se montant à près de 600 millions de francs 1950.

Le temps de mettre au clair la succession et de faire les recherches, il avait retrouvé l'héritier à l'hôpital. Son état hypnotique se prolongeant il avait cru bon de louer cet hôtel particulier et d'engager du personnel pour lui faire profiter des soins dignes d'un homme de son importance.

« Votre fondé de pouvoir va vous montrer le détail des dépenses faites pendant vos deux ans de sommeil, en attendant voici le chèque du principal qui se monte à... »

D'un geste de la main, Benjamin fait signe qu'il fait confiance, il signe seulement au dos du chèque et ferme les yeux de contentement. Décidément, il s'est glissé dans le rêve le plus logique que jamais dormeur ait rêvé.

Et le rêve va se prolonger ainsi pendant six mois.

Bien installé dans son confort, Benjamin Fournel d'Avron va se remettre doucement de son immobilité de deux ans, tout en restant persuadé qu'il évolue dans un monde irréel.

Par une sorte d'aberration mentale, il va manger, dormir, se promener dans le parc de son hôtel particulier, donner des ordres au personnel, signer des chèques, tout en restant persuadé qu'il vit un rêve.

Chaque fois que le médecin, le fondé de pouvoir, ou l'infirmière lui disent qu'à présent il est réveillé et que ce qu'il vit est bien réel, il se contente de sourire d'un air entendu et de répondre :

« Oui, oui, je sais, mais prenez garde de ne pas me réveiller tout à fait, la réalité serait trop pénible. »

Alors on n'insiste pas...

A quoi bon puisque Benjamin est heureux ainsi.

Cette existence étonnante et merveilleuse aurait pu continuer comme cela pendant des mois, des années peut-être, sans l'arrivée d'une tante de province qui, outrée de voir la comédie dans laquelle on entretient son neveu, décide le médecin à tenter quelque chose pour le ramener à la raison.

Sur les conseils d'un éminent psychiatre, on drogue le rêveur et on l'emmène dans son ancienne mansarde du quartier latin.

Sur les directives de la tante on a reconstitué approximativement le décor dans lequel vivait Benjamin.

On lui a mis un habit, tel que les voisins qui l'avaient trouvé l'ont décrit. On a même remis la feuille de papier à sa place, « je n'attends plus personne ».

Dissimulés derrière la porte entrouverte, le médecin, le psychiatre et la tante sont là, prêts à intervenir.

Benjamin Fournel d'Avron ouvre les yeux, jette autour de lui un regard d'une infinie tristesse.

Ainsi ce rêve est fini. C'était trop beau pour que ça dure. Lentement, il s'assoit sur son lit et se met la tête dans les mains.

Le psychiatre frappe sur l'épaule de la tante, c'est le moment d'intervenir.

« Benjamin, mon petit, c'est moi ta tante Marie! »

Comme s'il était piqué au vif, Benjamin s'est dressé d'un bond; en deux enjambées, il est à la fenêtre qu'il ouvre.

« Benjamin! »

Les deux médecins se précipitent, mais trop tard, l'homme qui n'attendait plus personne a préféré mourir, plutôt que de vivre éveillé.

Six étages plus bas, les passants s'attroupent autour d'un corps disloqué.

« Encore un drame de la misère, dit quelqu'un, cette époque est impitoyable. »

« CASSE » SOUS GARANTIE

M. FLY, le directeur de la prison modèle d'Okla-homa City se dresse brusquement de derrière son bureau, faisant osciller dangereusement son fauteuil.

« Est-ce que vous vous rendez compte de ce que vous demandez? »

Devant lui, le sénateur MacCoy et le marshall Bennett baissent la tête. Bien sûr, ils se rendent compte de tout l'insolite que comporte leur démarche, mais c'est la seule solution. Le directeur de la Petrol City Bank a été formel : « Si demain matin les paies des entreprises de l'Okla-homa ne peuvent pas être données, c'est l'émeute et nous ne répondrons plus de rien. »

Les mains derrière le dos, M. Fly va se planter devant la fenêtre qui donne sur la cour. Les bâti-ments pénitenciers s'alignent à droite et à gauche dans une perspective des plus heureuses. Signe évident d'une extrême émotion, ses zygomatiques se contractent en cadence de telle sorte que l'on pourrait croire qu'il mâche du chewing-gum. Fai-sant soudain volte-face il appuie sur un bouton. Le sénateur et le marshall échangent un regard soulagé.

Un gardien frappe et ouvre la porte du bureau directorial.

« Faites venir le détenu Mick Jennifer, voulez-vous. »

Quelques instants plus tard, un homme d'une quarantaine d'années fait son entrée.

« Hello Mick ! » dit le marshall.

A sa vue, Mick Jennifer fait une grimace qui voudrait être un sourire.

« Hello, Marshall ! »

Le directeur fait les présentations, prie le détenu de s'asseoir et un peu gêné, commence son exposé.

« Mon cher Jennifer, depuis trois ans que vous êtes notre hôte... »

Mick l'interrompt aussitôt pour dire que précisément il paie ses dettes envers la société et que son affaire ayant été jugée, il n'a plus rien à voir avec la justice de l'Etat.

D'un même élan, les trois hommes le rassurent.

« Mais bien sûr. Il ne s'agit pas de cela une seconde. Votre hold-up à la Petrol City Bank est réglé, oublié. Sur vos dix ans de peine, le tiers est déjà presque fait et vu votre bonne conduite et le service immense que vous pouvez nous rendre précisément...

— Un service ? Quel service ? »

Mick Jennifer a froncé les sourcils, il regarde tour à tour les trois hommes avec un peu de méfiance.

Souriant, le sénateur explique.

« La porte du grand coffre de la Petrol City Bank est bloquée; l'expert qui pourrait l'ouvrir est en voyage pour quarante-huit heures et...

— Vous voudriez que... », interrompt le détenu en éclatant d'un rire si énorme que le gardien de service ouvre la porte pour demander si tout va bien. Il est en effet assez rare d'entendre un tel rire dans une prison, même modèle.

Lorsque le rire de Mick s'est un peu calmé, le sénateur MacCoy donne des précisions.

« Bien entendu, vous n'aurez pas à le regretter. Un service en appelle un autre. »

Le détenu se gratte la tête un moment. Son œil pétille d'une telle malice que le directeur s'empresse d'ajouter :

« Dans les limites du raisonnable, cela va de soi. »

Mick Jennifer opine du chef.

« D'accord ! A deux conditions... »

Le sénateur et le marshall échangent un regard où se lit une certaine anxiété.

« La première, c'est de pouvoir aller où je voudrai et de rencontrer qui je voudrai pendant tout l'après-midi. »

Le directeur bondit hors de son fauteuil.

« C'est impossible, qui nous garantit... »

Le prisonnier étend la main vers le policier.

« Mais le marshall Bennett qui ne me quittera pas d'une semelle.

— O.K.

— Et la deuxième condition ?

— Oh ! celle-là va être facile à accepter, elle ne concerne précisément que M. Bennett. Quand il m'a arrêté, voici trois ans, il m'a fait traverser plusieurs fois Oklahoma City, coincé entre deux de ses hommes à l'arrière de la voiture, comme un dangereux criminel que l'on cache parce qu'on a peur que la foule le lynche. Alors, dans tous mes déplacements, j'exige d'être à l'avant, à côté du marshall et c'est moi qui actionnerai la sirène. »

Comme s'il avait reçu une décharge électrique, le marshall Bennett bondit à son tour hors de son siège.

« Mais il n'en est pas question...

— Alors... » dit Mick en se levant tranquillement.

Le sénateur intervient, il tente de trouver un compromis, mais le détenu reste intransigeant :

« Ou je me promène où je veux, à l'avant de la voiture du marshall, sirène à gogo, ou le coffre de la Petrol City Bank reste fermé. »

Après quelques minutes de discussion, le marshall capitule.

« O.K., c'est tout ? »

Non, Mick Jennifer a une dernière exigence : « Les conditions de cette sortie seront consignées par écrit en présence de mon avocat et les travaux ne commenceront que lorsque les papiers seront dûment signés. Dernier détail : désirant conserver un certain secret disons " technique " pour l'ouverture du coffre, j'exige l'achat de trois fois plus d'outils qu'il ne me sera nécessaire. De plus pendant " le casse " j'exige d'être absolument seul dans la banque. »

Malgré la certitude que Mick Jennifer abuse de son avantage pour tenter de les ridiculiser, les autorités en présence acceptent ses exigences.

On ira donc acheter le matériel en premier. Le temps d'achat sera limité à une heure. Ensuite, on évacuera le rez-de-chaussée et le sous-sol de la Petrol City Bank pendant deux heures.

« Bon ! résume le sénateur, il est 8 h 30 ; de neuf à dix heures, shopping. A midi, le coffre est ouvert, vous vous retirez en abandonnant tout le matériel et le marshall reste à votre disposition jusqu'à dix-neuf heures, ça va ? »

Le roi du coffre-fort réfléchit encore longuement. Les autorités présentes échangent des regards inquiets. Mick aurait-il un dernier caprice impossible qui ferait tout capoter ?

« Un dernier détail... Je désire rester habillé comme je suis là, en détenu. »

Rappelons qu'à l'époque, la tenue pénitentiaire américaine est une sorte de pyjama avec des rayures dans le sens de la hauteur, et que le numéro du détenu s'étale bien lisible sur le dos et le devant du pyjama. L'ensemble est complété par un calot rond.

« Jamais... On veut me ridiculiser à vie », hurle le marshall qui sort en claquant la porte.

Le sénateur sort aussitôt derrière lui. Que dit-il au représentant de la loi ? Quels arguments a-t-il ? Peu importe, quand il revient tout est arrangé.

« Vous garderez votre tenue de détenu. »

Et voilà comment sur le coup de 8 h 30, ce matin-là, la voiture du marshall dévale les rues de Oklahoma City, semant la panique à grands coups de sirène actionnée par un détenu de la prison modèle.

Bennett a prévenu Mick : « A la moindre tentative d'évasion, je te descends comme un lapin. » Mick a prévenu Bennett : « A la moindre mauvaise volonté de votre part, je m'arrête. »

Et le « marché aux accessoires indispensables » commence. Passant du super-marché à la quincaillerie puis à l'outillage, Mick Jennifer met dans un grand sac de voyage les objets les plus insolites. Un débouche lavabo, une toupie lumineuse, une perceuse à percussion, une voiture de police téléguidée, une douzaine de paires de ciseaux, une panoplie d'infirmière, deux chaînes de vélo.

Chaque fois qu'il fait un achat, le détenu en costume rayé, serré de près par trois policiers, crée un attroupement. Imperturbable, sérieux comme un pape, Mick Jennifer choisit avec soin chaque objet que règle aussitôt Bennett dont la fureur se devine derrière les lunettes de soleil dont il s'est affublé.

A 9 h 45, le shopping est fini. A dix heures, Mick fait son entrée dans la banque où il a une entrevue avec son avocat. A 10 h 54 le coffre est ouvert. Quelques minutes plus tard le détenu quitte les lieux abandonnant tous les accessoires invraisemblables qu'il a fait acheter, sauf le sac de voyage dont le sénateur a bien voulu lui faire cadeau.

« Et maintenant, le marshall est à votre disposition jusqu'à dix-neuf heures. Où voulez-vous aller, au cinéma, au restaurant ? »

Mick Jennifer sort de sa poche un papier que lui a remis son avocat.

« Non, j'ai quelques visites à faire tout simplement. Pour être précis, dix très exactement. N'ayez pas peur, ce sont des gens honorables. Les seuls rapports qu'ils ont eus avec la justice, c'est qu'ils étaient jurés à mon procès. »

Et jusqu'à dix-neuf heures, inlassablement, Mick Jennifer va rendre visite à ceux qui l'ont condamné à dix ans de réclusion. Oh ! il ne va pas les insulter, non, bien au contraire, il va s'inquiéter de leur santé, leur parler de leurs affaires, de leur famille. Il va demander à visiter leur maison. En les quittant il va leur souhaiter tous les bonheurs du monde.

« Allez, profitez bien de votre liberté, et bonne chance ! »

Pas un geste, pas un mot de reproche. Comme si ces hommes et ces femmes responsables de sa détention étaient des amis. Le marshall en est sidéré. Quant aux jurés, ils n'arrivent pas à comprendre. A 19 h 04, la voiture du marshall pénètre dans la prison. Le directeur s'approche.

« Alors ? » Bennett affiche un sourire radieux. « Parfait, Mick a été parfait. »

Le détenu sort de la voiture et se retourne vers le policier.

« Allez, salut, marshall ! » Il fait trois pas et se ravisant revient vers le véhicule.

« Au fait, j'allais oublier !... Mes amis les jurés ont insisté pour m'offrir des souvenirs dont je ne saurais que faire ici. Voulez-vous en faire cadeau aux œuvres de la police ? »

Et devant les trois policiers ahuris, Mick Jennifer vide le sac de voyage qu'il a gardé à l'épaule durant toutes ses visites. Il en sort tout un fatras d'objets invraisemblables. Portefeuilles, lunettes, montres, pendulettes, pipes, appareils de photo, clefs, pelotes avec aiguilles à tricoter. Avant de regagner sa cellule, Mick secoue bien son sac pour être sûr de ne rien oublier et, se frappant le front, il fouille dans la poche unique de son uniforme de détenu et en sort une paire de menottes qu'il tend au marshall.

« Pour vous remercier de n'avoir pas eu l'idée de me les mettre, monsieur Bennett... Allez, à un de ces jours, et sans rancune. »

Sans rancune, ça ! Quand on est chef de la police et qu'il y a plusieurs témoins... C'est difficile à avaler, surtout quand ces témoins ont beaucoup de mal à contenir leur envie de rire, beaucoup, beaucoup de mal...

L'HEURE DU DESTIN

En rentrant de son bureau, ce soir-là, Nadine est nerveuse, irritable, la journée a été parsemée de désagréments de toutes sortes. Encore une de ces journées où l'on se dit « que l'on aurait mieux fait de rester couché ».

« Et ce n'est pas fini », pense la jeune femme en voyant l'attitude de son mari. Depuis quelques mois, le couple bat de l'aile. Un proverbe dit : « Quand il n'y a plus d'avoine à l'écurie, les chevaux se battent. »

C'est un petit peu ce qui se passe dans le ménage Brissot. Marc a été licencié d'une importante compagnie et voilà trois mois qu'il cherche en vain du travail.

Vivre sur le seul salaire de Nadine n'est pas fait pour arranger le caractère ombrageux du mari. Tout est prétexte à disputes et ce soir ne va pas faire exception, bien au contraire.

Un potage trop salé et c'est le départ d'une scène qui prend très vite des proportions hors de mesure.

« Eh bien, tu n'as qu'à faire la cuisine toi-même! Tu as tout ton temps puisque tu ne fais rien de la journée. C'est facile. »

Le mari réplique que ce n'est tout de même pas

sa faute s'il ne trouve pas de travail. Il ajoute qu'il sent bien que Nadine le supporte mal depuis quelque temps.

« Si tu as un autre homme dans ta vie, dis-le ! »

Au comble de l'exaspération, Nadine saisit la balle au bond. Elle s'invente une liaison imaginaire. Un amant ? Eh bien, oui, elle a un amant. Et alors. Quoi de plus normal avec un mari tel que lui ?

Marc se précipite sur sa femme. Les coups pleuvent. Dans un geste de défense instinctif, Nadine saisit la première chose qui lui tombe sous la main et le frappe à la tête. Touché à la tempe, le mari s'effondre, foudroyé.

Horrifiée par le geste qu'elle vient de faire, et constatant que Marc ne donne plus aucun signe de vie, Nadine s'affole. Un instant l'idée de prévenir la police lui vient à l'esprit et puis la peur du châtiment prend le dessus, elle n'a plus qu'une idée : s'enfuir, s'enfuir le plus loin possible de ce qu'elle pense être les lieux de son crime.

Jérôme Moulinier à deux heures à perdre. Son avion ne part qu'à vingt-deux heures pour Marseille. Pour une fois, il a tout son temps ! Son nouveau poste de directeur adjoint l'accapare beaucoup. C'est une lourde responsabilité, mais les avantages sont appréciables.

Son divorce vient d'être prononcé, et la pension qu'il doit verser pour sa fille est un rude handicap, il ne la verra plus que le week-end, tous les quinze jours, et une partie des vacances.

Tandis qu'il s'attarde à la voiture d'un marchand de jouets, dans le reflet de la vitre, une silhouette de femme attire son attention... Nadine !

Voilà six ans qu'il ne l'a pas vue et il l'a reconnue du premier coup d'œil. Jérôme Moulinier a eu une passion pour elle et leur liaison a duré presque un an.

« Nadine ! »

Interpellée, la jeune femme se retourne. Ils tombent dans les bras l'un de l'autre et quelques instants plus tard ils sont assis à la terrasse d'un café.

Au fil de la conversation, Jérôme se rend bien compte que Nadine a quelque chose qui la préoccupe. Questionnée, elle se refuse à répondre.

Et puis, d'un seul coup, la jeune femme craque, et dit tout. La première réaction de Jérôme est de conseiller d'appeler la police et puis, la réflexion aidant, il la rassure.

« On ne tue pas un homme aussi facilement que ça ! Après tout, il n'était peut-être qu'évanoui ? Tu devrais retourner voir. »

L'idée de revenir chez elle plonge Nadine dans une nouvelle crise de larmes.

Magnanime, Jérôme se propose de l'accompagner. Même s'il rate son avion, il y en a un autre à vingt-trois heures. Après avoir hésité, la jeune femme accepte la proposition de son ex-chevalier servant. De toute façon, Jérôme a raison, la fuite est une mauvaise solution. On ne gagne jamais rien à refuser ses responsabilités.

Surtout dans le cas qui la préoccupe, elle n'a réagi qu'en cas de légitime défense. Même s'il y avait mort d'homme, sa bonne foi ne pourrait être mise en doute. L'état des lieux a dû forcément rester le même et il démontrera de façon formelle la bataille qui a précédé son geste malheureux.

Ce n'est pas sans une certaine émotion que Nadine introduit sa clef dans la serrure. Jérôme a

décidé de l'attendre sur le palier. Première surprise, la pièce est plongée dans l'obscurité. Elle
n'a pourtant pas le souvenir d'avoir éteint en sortant. Le cœur battant, Nadine donne de la
lumière et reste là, incapable d'émettre un son ou
de bouger le petit doigt. Le corps de son mari a
disparu et la pièce est dans un ordre impeccable.
Troublée à l'extrême, Nadine demande à Jérôme
son secours. Elle n'a rien inventé, tout s'est exactement passé comme elle l'a dit.

« Il faut me croire, Jérôme, c'est la vérité.

— Mais bien sûr... je n'en ai jamais douté.
Tiens, la preuve, regarde ! »

L'homme passe son doigt sur la moquette,
aucun doute possible, c'est du sang.

« Mais alors qu'est-ce que tout cela veut dire ?

— Ce que ça veut dire ? Mais tout simplement
que ton mari a été moins blessé que tu ne l'as cru,
reprend Jérôme en s'efforçant de sourire. Après
avoir remis de l'ordre dans la pièce, il aura été se
faire soigner. Il est peut-être même tout simplement couché. Tu as été regarder ? »

L'idée que le mari de Nadine puisse survenir
d'un instant à l'autre provoque chez Jérôme un
sentiment très désagréable. Sa présence dans les
lieux aurait quelque chose d'incongru. Il est tiré
de ses réflexions par l'exclamation de Nadine
devant un tiroir entrouvert.

« Son revolver !

— Quoi son revolver ? »

Nadine ouvre le tiroir en grand, plonge la main
à l'intérieur.

« Ah ! non, il est là. J'ai eu peur qu'il ne l'ait
emporté. Il a eu l'intention de le prendre et puis il
ne l'a pas pris, pourquoi ?

— Pour te laisser la possibilité de t'en servir. »

Dans leur dos, la voix du mari vient de tomber, comme un couperet.

« Tous les deux ! Je n'en espérais pas tant. »

Au regard de haine que lui adresse l'homme, Jérôme comprend tout le tragique de la situation.

« Non, écoutez, je vais vous expliquer.

— Inutile, j'ai très bien compris. Vous êtes venus m'achever, c'est ça ? »

Faisant un effort formidable pour rester calme, Jérôme donne la version des faits : sa rencontre fortuite avec Nadine, l'affolement de celle-ci, sa certitude que le mari n'avait été que commotionné, sa proposition d'accompagner Nadine morte de peur. Au fur et à mesure qu'il s'explique, Jérôme se rend parfaitement compte que le mari ne le croit pas. Plus il parle, plus il argumente, plus le sourire de l'autre devient crispé.

« Mais c'est la vérité, il faut me croire. Nous ne nous sommes pas rencontrés, Nadine et moi, depuis six ans. Je vous assure que seul le hasard... »

Il est si évident que Marc ne croit pas un mot de ce qu'il raconte que Jérôme s'arrête de lui-même, incapable de continuer.

« Si vous le permettez, laissez-moi à mon tour vous donner la version de ce que je vais raconter dans un instant à la police. »

De sa poche, le mari a tiré un revolver qu'il pointe en direction du couple, Jérôme sent une onde glaciale lui parcourir le dos. Avec un calme diabolique Marc s'assoit sur le canapé et poursuit son exposé.

« A la suite d'une violente discussion au cours de laquelle elle avoue avoir un amant, ma femme quitte le domicile conjugal, non sans avoir proféré des menaces contre moi. Je m'allonge sur ce canapé. Un peu plus tard, j'entends la porte s'ouvrir, et je me trouve en présence de ma femme accompagnée de son amant, qui me braque avec un revolver. Tout en discutant, je m'approche du meuble dans lequel je sais avoir mon revolver. Je réussis à m'en emparer; l'amant me voit, tire, je fais un bond de côté, il me rate, je tire sur lui à mon tour et il s'écroule, tandis que ma femme se jette sur moi et me frappe à la tête avec un presse-papiers. A moitié assommé, j'essaie de la maîtriser mais mes forces m'abandonnent. Elle saisit alors le tisonnier de la cheminée et se rue sur moi. Voyant ma vie en danger, je tire une seconde fois et elle s'écroule, morte à mes pieds. »

Un temps, Marc savoure la peur, à présent visible sur le visage de ses deux futures victimes. Aucun d'eux ne doute qu'il va mettre son plan à exécution.

« Evidemment, je suis dans l'obligation de faire cela dans le désordre. »

Avec une lucidité extraordinaire, Jérôme analyse le plan machiavélique du mari de Nadine.

Marc a remplacé son revolver par un autre, dont il a bien sûr enlevé les balles. Lorsqu'ils seront morts, ce sera un jeu d'enfant de mettre ses empreintes à lui, Jérôme, sur le revolver, de remettre les balles et d'en tirer une dans le mur.

Pour les voisins, le nombre des coups de feu restera le même.

Trois coups, deux rapprochés et un autre, quelques secondes plus tard. La seule différence sera que les deux premiers coups auront été tirés contre lui et Nadine, mais ça, personne sauf lui ne pourra le savoir.

« Je vais commencer par toi, ma chérie, je te dois bien cette ultime priorité. »

Voyant que l'arme est braquée en direction de Nadine, Jérôme, avec l'énergie du désespoir, se rue sur le forcené. Un coup de feu claque. Touchée, Nadine s'écroule.

La lutte entre les deux hommes est sans merci.

Ses forces décuplées par l'instinct de conservation, Jérôme réussit à maintenir la main tenant le revolver hors de portée. Un second coup de feu part sans atteindre son but. C'est la lutte pour la vie. Au bout de quelques secondes interminables, Jérôme réussit à faire lâcher l'arme à son adversaire. A partir de cet instant, la lutte est plus équilibrée et le combat s'achève à l'avantage de Jérôme qui prévient aussitôt la police.

Opérée d'urgence à l'hôpital, Nadine sera sauvée de justesse.

Une semaine plus tard, de passage à Paris, Jérôme viendra lui porter quelques fleurs pour meubler sa solitude.

Emue aux larmes, la jeune femme le remerciera du fond du cœur. Ne lui doit-elle pas la vie ?

« Oh ! tu peux remercier le hasard », dira modestement Jérôme.

Oui, bien sûr, une fois encore le hasard avait bien fait les choses. Si elle n'avait pas rencontré Jérôme, et si celui-ci n'avait pas accepté de l'accompagner chez elle... Certains appellent cela le hasard, n'est-ce pas aussi le destin ?

UNTEL PÈRE ET SON FILS

PIERROT le dingue est en prison pour la quatrième fois depuis son enfance, et sa dernière condamnation confirme son sobriquet : dingue pour évasions répétées. Dingue pour avoir voulu percer un coffre-fort sans y parvenir. Dingue pour l'avoir soulevé et jeté dans l'escalier. Dingue pour l'avoir remonté et jeté par la fenêtre... Pierrot était aussi dingue que ce coffre-fort qui refusait de s'ouvrir. Alors Pierrot a volé une camionnette et transporté le coffre-fort infernal jusque chez lui.

A coups de barre à mine, de marteau et autres outils de terrassier, la boîte blindée a enfin révélé son trésor : 25 francs. Pierrot s'était évadé, il avait fait tout ça pour 25 francs ! Une misère, et cinq ans de prison pour cette misère-là, avec une femme et un enfant dehors. Il n'y a pas de quoi s'attendrir car cet homme-là est un récidiviste. Un exemple dans son genre. De maison de redressement en bêtises accumulées, Pierrot, fils de gendarme, est devenu voleur. A présent, il rempaille des chaises à 80 centimes la pièce, dans l'atelier d'une prison de province.

Il a trente ans. Depuis l'adolescence, il n'a connu d'autre vie que celle des monte-en-l'air, et autres perceurs de coffres. C'est un récidiviste dont plus personne ne s'occupe. A son âge, on a choisi son existence. A lui de faire le point, à lui de décider si l'honnêteté paie plus et mieux que le reste, et si la considération des uns vaut mieux que le pardon des autres.

Or il arrive qu'un jour de 1955 Pierrot le dingue demande à parler au juge et dit :

« Laissez-moi sortir. J'ai quelque chose à faire, et si la justice est comme vous le dites, vous n'avez pas le droit de me refuser ça. »

Sortir? On ne sort pas comme ça de prison, quand il vous reste quatre ans à faire sur cinq fermes! Il n'est même pas question d'en parler. Quant à voir le juge, il faut une raison grave. Pierrot en a une, il vient de s'apercevoir qu'il a un enfant :

« J'ai un enfant, c'est grave; il faut que je m'en occupe! Je veux voir le juge.

— Et alors? répond le gardien, il a six mois, ton marmot. Tu aurais pu t'en apercevoir plus tôt! Il fallait travailler mon brave, au lieu de jeter inconsidérément les coffres-forts par les fenêtres dans l'espoir de les ouvrir! Et puis tu n'es que son père, cet enfant a bien une mère que diable, et qui s'en occupe mieux que tu ne saurais le faire! D'ailleurs, tu es en prison, tu n'es pas un père digne de ce nom pour l'instant, alors laisse la mère s'en occuper. »

L'ennui justement, c'est qu'il y « avait » une mère. Ce qu'il est convenu en tout cas d'appeler une mère, car elle a disparu. Pierrot vient d'en être informé par les voies légales jusque dans sa cellule. Lui qui ne reçoit jamais de courrier s'est vu remettre la veille une lettre à en-tête de l'administration, aussi courte que péremptoire, tamponnée d'innombrables cachets, et sans espoir aucun :

214

Monsieur Untel,

Vous êtes informé que Mlle Untel, votre concubine, ayant déclaré être la mère d'un enfant né de vous, a renoncé définitivement à ses droits maternels en confiant votre fils à l'Assistance publique. L'enfant a été prénommé Jean. Il est âgé de deux mois. Etant donné votre situation présente, et l'incapacité où vous vous trouvez d'assurer l'éducation de cet enfant, l'administration l'a confié à des parents nourriciers. La pension de l'enfant sera réglée en partie par les services d'aide sociale, et en partie par vos soins, dans la mesure de vos possibilités qui seront établies par l'administration pénitentiaire.

Signé : illisible.

Alors Pierrot répète inlassablement depuis la veille à son gardien :

« Je veux voir le juge, il faut que je sorte... mon gosse est dans l'ennui.

— Fais une lettre, répond le gardien, on transmettra. »

Pierrot le dingue griffonne une supplique à l'administration, racontant ses angoisses quant à la situation de son héritier de six mois.

« Mais non, lui est-il répondu. Votre enfant est entre de bonnes mains, il sera bien soigné, et puisque vous vous faites du souci pour la pension, rempaillez des chaises en dehors des heures d'atelier, c'est tout ce que l'on peut faire pour vous. »

Alors Pierrot rempaille des chaises, comme un dingue qu'il est. A raison de 80 centimes la chaise, pour 120 francs de pension mensuelle, il en faut des brins de paille, il en faut des heures. Et le marmot a deux ans quand Pierrot a rempaillé

4700 chaises pour 4000 francs. Il a payé la pension à lui tout seul, mais ça n'est pas suffisant.

« Laissez-moi sortir, dit Pierrot, mon gosse a deux ans maintenant, il a besoin d'un père, c'est l'âge où un gosse a besoin d'un père, j'en suis sûr. Il apprend à parler, qui va lui apprendre à parler ? Si ce n'est pas moi, on ne se comprendra pas plus tard ! C'est moi son père. »

« Il en a un autre, lui est-il répondu. Un père moins provisoire que vous et qui l'adoptera si vous êtes sage, ainsi cet enfant aura une vie normale, débarrassé de l'ombre des prisons. »

Alors, Pierrot tambourine à sa porte, réclame audience, alerte l'aumônier des prisons et fait tant et si bien qu'il réussit enfin à voir le juge d'application des peines.

C'est « son » juge. Il le connaît bien. A chaque arrestation, il l'a retrouvé. Et à chaque arrestation son juge lui a dit :

« Pierrot, tu dégringoles de plus en plus ! Arrête ! Tu n'es pas un criminel, essaie de devenir un homme, bon sang. »

C'est un brave juge. Un de ceux qui croient à la réhabilitation. Un de ceux qui expliquent avant de juger, même s'ils n'arrivent à rien, deux fois sur trois, ou neuf fois sur dix.

« Je veux sortir, dit Pierrot, c'est pour mon gosse, je ne recommencerai plus je vous le jure, mais laissez-moi sortir maintenant. C'est maintenant qu'il a besoin de moi.

— Il reste trois ans, Pierrot. Trois ans fermes. C'est impossible, et personne ne te croira. Tu recommencerais à voler un jour ou l'autre, tu n'es pas fait pour être père de famille, c'est trop tard, trop tard, je te l'avais dit que tu dégringolais. »

« Il n'y a pas de justice », pense Pierrot tout bas, et puis il le dit tout haut :

« Vous parlez de justice, et vous m'en rebattez les oreilles depuis des années, eh bien, je vais vous dire moi, ce qu'elle va faire votre justice. Elle va faire de ce gosse un dingue comme moi, et je vais vous dire pourquoi : j'avais son âge quand mon père est mort, et il n'était pas plus tôt en terre que ma brave femme de mère a fait sa valise. Pierrot est allé en pension à la campagne, Pierrot est allé en nourrice, et à cinq ans il a commencé à faire l'imbécile. A sept ans, il a piqué le manteau du fils de la maison, à dix ans, il a volé dans le portefeuille de la nourrice pour aller à la foire, à douze ans, il a fauché une bicyclette, à treize, il était en maison surveillée, à quinze, en correction, à dix-sept, en tôle, et depuis ça dure. Et mon fils fera la même chose si on ne le sort pas de là. C'est à moi de le faire. A moi de rétablir la balance. Laissez-moi sortir. »

Le juge est sceptique.

« Vous le connaissez cet enfant ?

— J'ai une photo.

— Et vous l'aimez ?

— Je ne dors pas pour lui, je ne mange pas, je rempaille des chaises la nuit et le jour. Je ferais tout pour lui, tout pour qu'il ne devienne pas comme moi.

— Et si vous sortez, vous continuerez ?

— Laissez-moi sortir, c'est ma seule chance.

— Attendez un peu. Vous serez libéré.

— Il sera trop tard, il faut qu'il m'appelle papa, il faut que je sois là pour le moucher, comme pour lui botter le derrière. Pour lui apprendre à vivre avec quelqu'un qui l'aime, qui lui appartient, à qui il peut tout demander... Je vous en prie, laissez-moi sortir... »

L'avocat, le bâtonnier, le directeur de la prison,

les copains de cellule, étaient tous d'accord, en chœur.

« Laissez-le sortir. »

Comment faire ? Il fallait cumuler sur la peine précédente, et considérer que le coffre-fort en faisait partie avec ses 25 francs. Il fallait encore se convaincre qu'une remise de peine était possible, que l'évasion n'était pas si grave, il en fallait des astuces et des passe-droits, et des risques finalement.

Mais le juge était un bon juge, il l'avait toujours été. Et considérant ce Pierrot, dingue dans le bon sens pour la première fois de sa vie, le juge s'est dit :

« Essayons... »

Et il a vu Pierrot sangloter de joie.

Il a voulu sortir et c'est fait. Il lui reste à faire la connaissance de son fils. Un gros bébé qui s'enfuit devant ce père hirsute, au teint livide, qui veut le soulever dans ses bras. Mais Pierrot comprend.

« Gardez-le encore un peu, dit-il à la nourrice, et parlez-lui de moi, il faut que j'aille gagner sa vie et la mienne. Ce ne sera pas long. J'ai tous les courages du monde. Mais parlez-lui de moi, n'oubliez pas de lui dire que je vais revenir, et que je serai là tout le temps bientôt. Et s'il n'est pas sage parlez-lui de moi aussi... parlez-lui toujours de moi. Je reviens. »

Ce fut long, et il en fallut des courages. Des petits et des grands. La première nuit sans un sou ne sachant où dormir, Pierrot s'est réfugié à la prison, qui l'a renvoyé chez les clochards. Il a été chiffonnier, en attendant que quelqu'un ne recule pas devant son casier judiciaire pour lui offrir une paie. En attendant de trouver un métier, de savoir faire quelque chose de ses mains, il a ferraillé chez les compagnons d'Emmaüs, récupéré les papiers pour l'Armée du Salut, déchargé les camions, lavé les vitrines, balayé les trottoirs, gardé les entrepôts la nuit, vendu des cravates le jour, dormi dans les asiles. Les 120 francs de la pension étaient toujours payés.

Jusqu'au jour où Pierrot le dingue a trouvé une place de livreur, une feuille de paie, une chambre avec un loyer, et acheté un pantalon neuf. Ce jour-là, il a pris le train et il est allé chercher son fils pour le montrer au juge. A son juge.

« Regardez-le bien, a-t-il dit. C'est Jean, c'est mon fils, il a trois ans, c'est la première et la dernière fois qu'il verra un juge de sa vie. Ça marchera, vous verrez. »

Et aux dernières nouvelles, ça a marché.

TABLE

IMPRIMÉ EN FRANCE PAR BRODARD ET TAUPIN
Usine de La Flèche (Sarthe).
LIBRAIRIE GÉNÉRALE FRANÇAISE - 6, rue Pierre-Sarrazin - 75006 Paris.
ISBN : 2 - 253 - 03539 - 4